SCIENCE FICTION

Herausgegeben
von Wolfgang Jeschke

Von Terry Pratchett erschienen in der Reihe
HEYNE SCIENCE FICTION & FANTASY:

Der Scheibenwelt-Zyklus:

Das Licht der Phantasie · 06/4583
Das Erbe des Zauberers · 06/4584
Gevatter Tod · 06/4706
Der Zauberhut · 06/4715
Pyramiden · 06/4764
Wachen! Wachen! · 06/4805
MacBest · 06/4863
Die Farben der Magie · 06/4912
Eric · 06/4953

Die dunkle Seite der Sonne · 06/4639
Strata · 06/4911

Die Nomen-Trilogie:

Trucker · 06/4970
Wühler · 06/4971
Flügel · 06/4972

TERRY PRATCHETT

Flügel

*Dritter Roman
der Nomen-Trilogie*

Deutsche Erstausgabe

WILHELM HEYNE VERLAG
MÜNCHEN

HEYNE SCIENCE FICTION & FANTASY
Band 06/4972

Titel der englischen Originalausgabe
WINGS
Deutsche Übersetzung von Andreas Brandhorst
Das Umschlagbild malte Josh Kirby

8. Auflage

Redaktion: Friedel Wahren
Copyright © 1990 bei Terry and Lynn Pratchett
Die Originalausgabe des Romans erschien Doubleday
a division of Transworld Publishers Ltd., London
Copyright © 1993 der deutschen Ausgabe und der Übersetzung
by Wilhelm Heyne Verlag GmbH & Co. KG, München
Printed in Germany 1998
Umschlaggestaltung: Atelier Ingrid Schütz, München
Technische Betreuung: Manfred Spinola
Satz: Schaber Satz- und Datentechnik, Wels
Druck und Bindung: Elsnerdruck, Berlin

ISBN 3-453-06265-5

*Für Lyn und Rhianna.
Und für den Sandwich-fressenden Alligator
beim Kennedy Space Center in Florida.*

Hinweis des Autors

Die Figuren in diesem Roman sollen keinen lebenden Geschöpfen ähneln, ganz gleich, wie groß sie sind und welchen Kontinent sie ihre Heimat nennen. Das gilt insbesondere für jene Wesen, die sich von Rechtsanwälten vertreten lassen.

Ich habe mir einige Freiheiten mit der Concorde erlaubt, obwohl die British Airways sehr freundlich war und mir gestattete, ein Exemplar aus der Nähe zu betrachten. Solche Flugzeuge sehen tatsächlich aus wie geformter Himmel. Allerdings: Sie fliegen nicht nonstop bis nach Miami, sondern landen vorher in Washington. Aber wer will schon nach Washington? Nomen könnten in Washington überhaupt nichts anstellen, abgesehen vielleicht von Unsinn, der Probleme verursacht.

Es ist möglich, daß Passagiere an Bord der Concorde nicht gezwungen sind, spezielle Flugzeugnahrung zu essen, die aus einer rosaroten schwabbeligen Masse besteht. Doch anderen Leuten bleibt in dieser Hinsicht kaum eine Wahl.

Am Anfang...

... war Arnold Bros (gegr. 1905), das große Kaufhaus.

Etwa zweitausend Wichte — beziehungsweise Nomen, wie sie sich selbst nannten — wohnten dort. Vor langer Zeit hatten sie das Leben im Freien aufgegeben und sich unter den Bodendielen der Menschheit niedergelassen.

Zwischen den Welten über und unterm Fußboden gab es keine Kontakte. Die Menschen waren viel zu groß und zu langsam und zu dumm.

Nomen leben schnell. Für sie sind zehn Jahre wie ein Jahrhundert. Seit über achtzig Jahren stellte das Kaufhaus ihr Zuhause dar, und in dieser Zeit hatten sie vergessen, was Sonne, Regen und Wind bedeuteten. Für sie existierte nur das Kaufhaus, erschaffen vom legendären Arnold Bros (gegr. 1905), als Heimat für anständige, demütige Wichte.

Dann kamen Masklin und seine kleine Gruppe aus dem Draußen, an das die Nomen überhaupt nicht glaubten. Sie wußten, was es mit Wind und Regen auf sich hatte: Genau davor flohen sie.

Und sie brachten das *Ding* mit. Jahrelang hatte sie es für eine Art Talisman oder Glücksbringer gehalten. Doch im Kaufhaus, in der Nähe von Elektrizität, erwachte es plötzlich und erzählte einigen auserwählten Nomen von Dingen, die sie kaum verstanden...

Die Wichte erfuhren, daß sie von den Sternen gekommen waren, an Bord eines *Schiffes*. Seit vielen Jahrtausenden wartete das Schiff irgendwo hoch am Himmel, um die Nomen *heim*zubringen...

Sie erfuhren auch, daß ihr Kaufhaus in drei Wochen abgerissen werden sollte.

Es fiel Masklin nicht leicht, die Nomen von der bevorstehenden Gefahr zu überzeugen, sie zu veranlassen, mit einem gestohlenen Lastwagen aus dem Kaufhaus zu fliehen. Darüber wurde in *Trucker* berichtet.

Sie fanden einen alten Steinbruch, und für eine Weile führten sie dort ein einigermaßen sorgloses Leben.

Aber wenn man zehn Zentimeter groß ist und sich in einer Welt der Riesen befindet, bleibt man nie sehr lange ohne Sorgen.

Wie sich herausstellte, wollten die Menschen zum Steinbruch zurückkehren.

In einer Zeitung entdeckten die Nomen ein Bild von Richard Arnold, dem Enkel eines Gründers von Arnold Bros. Jenes Unternehmen, dem das Kaufhaus gehörte, war jetzt ein großer internationaler Konzern, und Richard Arnold — so hieß es in der Zeitung — wollte nach Florida reisen, um den Start des ersten Arnco-Kommunikationssatelliten zu beobachten.

Das *Ding* verkündete folgendes: Wenn es den Satelliten ins All begleitete, konnte es das Schiff rufen. Masklin beschloß, mit zwei Begleitern zum Flugplatz zu wandern und dort zu versuchen, nach Florida zu gelangen und das *Ding* in den Himmel zu bringen. Eine lächerliche und absurde Idee, zugegeben. Aber Masklin wußte nicht, daß es eine lächerliche und absurde Idee war — deshalb hielt er an seinem Plan fest.

Mit Angalo und Gurder brach er auf, davon überzeugt, daß Florida höchstens zehn Kilometer entfernt sein konnte und nur einige hundert Menschen auf der ganzen Welt lebten. Sie wußten nicht genau, wohin sie unterwegs waren und was sie unternehmen sollten, wenn sie ihr Ziel erreichten, aber sie waren entschlossen, trotzdem das Irgendwo aufzusuchen und dort zu *handeln*.

Wühler erzählt, wie die anderen Nomen gegen Menschen kämpften. Sie verteidigten ihren Steinbruch lange genug, um mit Jekub zu fliehen, der großen gelben Wühlmaschine.

Doch dies ist Masklins Geschichte ...

❖ 1 ❖

> FLUGPLÄTZE: Ein Ort, zu dem Menschen eilen, um dann zu warten.
>
> Aus: *Eine wissenschaftliche Enzyklopädie für den wißbegierigen jungen Nom* von Angalo Kurzwarenler

Laßt das Auge der Phantasie eine Kamera sein...

Dies ist das Universum, eine glitzernde Kugel voller Galaxien, wie Schmuck an einem unvorstellbaren Weihnachtsbaum.

Man nehme eine Galaxis...

Fokus

Dies ist eine Galaxis, wie verrührte Sahne in einer Tasse Kaffee, jeder Lichtpunkt ein Stern.

Man nehme einen Stern...

Fokus

Dies ist ein Sonnensystem. Planeten rasen durch die Dunkelheit, umkreisen das zentrale Feuer der Sonne. Einige von ihnen sind ihr recht nahe; auf ihnen herrschen Temperaturen, die genügen, um Blei schmelzen zu lassen. Andere wandern weit draußen durch die Leere, dort, wo Kometen geboren werden.

Man nehme einen blauen Planeten...

Fokus

Dies ist ein Planet. Wasser bedeckt den größten Teil seiner Oberfläche. Trotzdem heißt er Erde.

Man nehme ein Stück Land...

Fokus

...Blau und Grün und Braun unter der Sonne, und hier ist ein blasses Rechteck...

Fokus

... ein Flughafen, ein Bienenstock aus Beton, für silberne Bienen bestimmt. Und hier ist ...
Fokus
... ein Gebäude voller Menschen und Lärm und ...
Fokus
... ein Saal mit vielen Lichtern, erfüllt von reger Aktivität. Und hier ist ...
Fokus
... ein Abfallkorb, und ...
Fokus
... zwei Augen blicken dahinter hervor ...
Fokus
Fokus
Fokus
Klick!

Masklin kletterte vorsichtig an einer alten Hamburger-Packung herab.

Er hatte Menschen beobachtet. Hunderte und Hunderte von Menschen. Ihm dämmerte die Erkenntnis, daß es vergleichsweise leicht gewesen war, einen Lastwagen zu stehlen, um aus dem Kaufhaus zu entkommen; es mochte weitaus schwieriger sein, an Bord eines Flugzeugs zu gelangen.

Angalo und Gurder lagen tief im Abfall und verspeisten die kalten, schmierigen Reste von Kartoffelstäbchen, sogenannte *Pommes frites*. Sie schienen nicht besonders fröhlich zu sein.

Es ist für uns alle ein Schock, dachte Masklin.

Ich meine, man nehme Gurder. Noch vor einem halben Jahr war er der Abt und glaubte fest daran, Arnold Bros hätte das Kaufhaus für uns Nomen erschaffen. Er ist nach wie vor davon überzeugt, daß sich irgendwo eine Art Arnold Bros befindet und über uns wacht, weil er uns für wichtig hält. Und jetzt verstecken wir uns hier draußen und stellen fest, daß wir überhaupt nicht wichtig sind ...

Und Angalo. Er glaubt nicht an Arnold Bros, aber er

möchte gern an ihn glauben, damit er auch weiterhin seine Existenz leugnen kann.

Und ich.

Ich hätte nie gedacht, daß es so schwer sein könnte.

Ich dachte, Flugzeuge seien wie Lastwagen, mit mehr Flügeln und weniger Rädern.

Hier gibt es mehr Menschen, als ich jemals zuvor gesehen habe. Wie sollen wir Enkel Richard, 39, an einem solchen Ort finden?

Und: *Hoffentlich lassen mir Angalo und Gurder etwas von den Kartoffelstäbchen übrig ...*

Angalo sah auf.

»Hast du ihn gefunden?« fragte er sarkastisch.

Masklin zuckte mit den Schultern. »Viele Menschen tragen Bärte«, erwiderte er. »Sie sehen alle gleich aus ...«

»Ich *wußte* es«, sagte Angalo. »Blinder Glaube funktioniert nie.« Er warf Gurder einen finsteren Blick zu.

»Vielleicht ist er schon fort«, spekulierte Masklin. »Er könnte einfach an mir vorbeigegangen sein.«

»Laßt uns zurückkehren«, schlug Angalo vor. »Die anderen vermissen uns bestimmt. Wir haben es versucht. Wir haben den Flughafen gesehen. Mindestens ein *dutzend*mal wären wir fast zertreten worden. Laßt uns jetzt in die richtige Welt zurückkehren.«

»Was meinst du, Gurder?« erkundigte sich Masklin.

Der Abt schien der Verzweiflung nahe zu sein.

»Ich weiß nicht«, antwortete er. »Ich weiß gar nichts mehr. Ich hatte gehofft ...«

Seine Stimme verklang. Er war so niedergeschlagen, daß ihm selbst Angalo auf die Schulter klopfte.

»Nimm es nicht so schwer«, sagte er. »Du hast doch nicht *wirklich* geglaubt, daß ein Enkel Richard, 39, vom Himmel herabkommt, um uns nach Florida zu bringen, oder? Wir haben es versucht«, wiederholte er. »Und es hat nicht geklappt. Kehren wir jetzt zum Steinbruch zurück.«

»So etwas habe ich natürlich nicht geglaubt«, stieß Gurder gereizt hervor. »Ich dachte nur, es gäbe irgendeine ... Möglichkeit.«

»Die Welt gehört den Menschen«, betonte Angalo. »Sie bauen alles. Sie kümmern sich um alles. Wir müssen uns endlich damit abfinden.«

Masklin betrachtete das *Ding*. Er wußte, daß es zuhörte. Zwar handelte es sich nur um einen kleinen schwarzen Kasten, aber er wirkte immer wachsam, wenn er zuhörte.

Es gab jedoch ein Problem: Das *Ding* sprach nur dann, wenn ihm der Sinn danach stand. Es half immer nur ein wenig, mehr nicht. Es erweckte den Eindruck, Masklin dauernd auf die Probe stellen zu wollen.

Und wenn man das *Ding* um Hilfe bat ... Man gestand damit ein, keine eigenen Ideen mehr zu haben. Andererseits ...

»*Ding*«, sagte Masklin. »Ich weiß, daß du mich hören kannst — in diesem Gebäude wimmelt es bestimmt von Elektrizität. Wir sind im Flughafen, und unsere Suche nach Enkel Richard, 39, hatte bisher keinen Erfolg. Wir wissen nicht einmal, *wo* wir nach ihm Ausschau halten sollen. Bitte hilf uns.«

Das *Ding* schwieg.

»Wenn du uns *nicht* hilfst«, fuhr Masklin leise fort, »kehren wir zum Steinbruch zurück, und dann steht uns eine Konfrontation mit den Menschen bevor. Aber *dich* betrifft das nicht, weil du hierbleibst. Wir lassen dich hier, im Ernst. Und du wirst nie wieder von Nomen gefunden. Es bietet sich keine zweite Chance. Wir sterben aus, und dann gibt es keine Wichte mehr, und du bist schuld daran. Und du wirst eine *Ewigkeit* lang allein und nutzlos sein. Und du wirst denken: ›Vielleicht hätte ich Masklin helfen sollen, als er mich darum bat.‹ Und dann denkst du: ›Ich *würde* ihm helfen, wenn ich noch einmal Gelegenheit dazu bekäme.‹ Nun, *Ding*, stell dir folgendes vor: Das alles ist bereits geschehen, und dein Wunsch geht wie durch Magie in Erfüllung. Hilf uns.«

»Es ist eine Maschine«, wandte Angalo ein. »Eine Maschine kann man nicht erpressen ...«

Ein kleines rotes Licht glühte an dem schwarzen Kasten.

»Du weißt, was andere Maschinen denken«, sagte Masklin. »Aber weißt du auch, was Nomen durch den Kopf geht? Lies meine Gedanken, wenn du glaubst, daß ich es nicht ernst meine. Du möchtest, daß Wichte vernünftig sind und ihre Intelligenz benutzen. Nun, ich *bin* vernünftig und fest entschlossen, von meiner Intelligenz Gebrauch zu machen. Ich bin intelligent genug, um zu wissen, wann ich Hilfe benötige. Das ist *jetzt* der Fall. Und du kannst helfen. Daran besteht gar kein Zweifel. Wenn du uns nicht hilfst, lassen wir dich hier und vergessen, daß du jemals existiert hast.«

Ein zweites Licht leuchtete widerstrebend auf.

Masklin erhob sich und nickte den anderen zu.

»Na schön«, sagte er. »Gehen wir.«

Das *Ding* summte elektronisch — für die Maschine das Äquivalent eines Räusperns.

»*Wie kann ich Ihnen zu Diensten sein?*« fragte es.

Angalo sah Gurder an und lächelte.

Masklin setzte sich wieder.

»Finde Enkel Richard Arnold, 39«, erwiderte er.

»*Das wird eine Weile dauern*«, sagte das *Ding*.

»Oh.«

Andere Lichter glühten und blinkten am schwarzen Kasten. Nach einigen Sekunden: »*Ich habe einen Richard Arnold, Alter neununddreißig, lokalisiert. Er hat gerade die Abflughalle der Ersten Klasse betreten und wartet dort auf den Flug 205 nach Miami, Florida.*«

»Es hat aber nicht *sehr* lange gedauert«, meinte Masklin.

»*Dreihundert Mikrosekunden*«, entgegnete das *Ding*. »*Das ist lange.*«

»Ich fürchte, ich habe nichts davon verstanden«, fügte Masklin hinzu.

»*Welcher Teil meiner Auskunft blieb Ihnen unverständlich?*«

»Nun, fast alle. Die Worte nach ›er hat gerade‹.«

»*Jemand mit dem richtigen Namen ist hier und wartet in einem speziellen Zimmer auf einen großen silbernen Vogel, der am Himmel fliegt und ihn zu einem Ort namens Florida bringen soll*«, erklärte das *Ding*.

»Ein großer silberner Vogel?« fragte Angalo verwirrt.

»Damit ist ein Flugzeug gemeint«, sagte Masklin. »Das *Ding* ist sarkastisch.«

»Ach? Und woher weiß es all diese Sachen?« Angalo starrte argwöhnisch auf den schwarzen Kasten hinab.

»*Das Gebäude ist voller Computer*«, summte das *Ding*.

»Meinst du Computer wie dich selbst?«

Es gelang dem *Ding*, beleidigt zu wirken. »*Sie sind sehr, sehr primitiv. Aber ich kann sie verstehen. Wenn ich langsam genug denke. Ihre Aufgabe ist es, darüber Bescheid zu wissen, welches Ziel die Menschen haben.*«

»Dann wissen sie mehr als die meisten Menschen«, kommentierte Angalo.

»Und wie können wir Enkel, 39, erreichen?« warf ein strahlender Gurder ein.

»Langsam, langsam«, sagte Angalo hastig. »Wir sollten nichts überstürzen.«

»Wir sind hierhergekommen, um ihn zu finden, oder?« hielt ihm der Abt entgegen.

»Ja! Aber was machen wir, wenn wir ihn gefunden *haben?*«

»Nun, das ist doch ganz klar. Wir ... äh ... wir ...«

»Wir wissen nicht einmal, was es mit einer ›Abflughalle‹ auf sich hat.«

»Das *Ding* wies uns darauf hin«, sagte Masklin. »Es ist ein Zimmer, in dem Menschen auf ein Flugzeug warten.«

Gurder bohrte Angalo einen anklagenden Zeigefinger in die Rippen.

»Du hast Angst, nicht wahr?« spottete er. »Wenn wir Enkel Richard finden ... Du fürchtest, dann zugeben zu müssen, daß Arnold Bros wirklich existiert und du dich die ganze Zeit über *geirrt* hast! Du bist genau wie dein Vater. Auch er konnte es nicht ertragen, sich zu irren!«

»Nein, ich bin nur besorgt«, widersprach Angalo. »Und meine Besorgnis betrifft *dich*. Du wirst bald feststellen, daß Enkel Richard nur ein Mensch ist. Und auch Arnold Bros war nur ein Mensch. Oder vielleicht zwei Menschen. Sie haben das Kaufhaus für Menschen gebaut und wußten überhaupt nichts von Nomen! Übrigens: Laß meinen Vater aus dem Spiel.«

Oben am schwarzen Kasten klappte eine kleine Luke auf. Das geschah manchmal. Wenn die Luken geschlossen waren, deutete nichts auf sie hin, doch wenn sich das *Ding* für irgend etwas interessierte ... Dann öffnete es sich und fuhr eine kleine Silberschüssel an einer Stange aus — oder ein komplexes Gebilde aus winzigen Rohren.

Diesmal kam ein Drahtgeflecht an einem Metallstab zum Vorschein. Die Vorrichtung drehte sich langsam.

Masklin hob das *Ding* hoch.

Seine beiden Begleiter setzten ihren Streit fort, als er fragte: »Weißt du, wo sich die Abflughalle befindet?«

»*Ja*«, antwortete das *Ding*.

»Gehen wir.«

Angalo drehte sich um.

»He, was hast du vor?«

Masklin schenkte ihm keine Beachtung und sah auf den schwarzen Kasten hinab. »Weißt du auch, wieviel Zeit uns bleibt, bevor Enkel, 39, mit der Reise nach Florida beginnt?«

»*Etwa eine halbe Stunde.*«

Nomen leben zehnmal schneller als Menschen. Sie sind schwerer zu erkennen als eine Sprinter-Maus.

Das ist einer der Gründe, warum Menschen fast nie einen Wicht sehen.

Es gibt noch andere. Menschen verstehen sich ausgezeichnet darauf, Dinge zu ignorieren, von denen sie wissen, daß sie nicht existieren. Rational denkende Menschen sind davon überzeugt, daß es keine Leute gibt, die nur zehn Zentimeter groß sind. Woraus folgt: Ein Nom, der nicht gesehen werden möchte, kann ziemlich sicher sein, unentdeckt zu bleiben.

Niemand bemerkte die drei winzigen Schemen, die über den Boden des Flughafengebäudes huschten. Sie wichen den knarrenden Rädern von Gepäckwagen aus. Sie flitzten an den Füßen langsam dahinstapfender Menschen vorbei. Sie sausten um Stühle. Sie wurden fast unsichtbar, als sie durch einen großen, lauten Flur huschten.

Und sie verschwanden hinter einer Topfpflanze.

Es heißt, daß sich alle Dinge gegenseitig beeinflussen. Vielleicht stimmt das.

Möglicherweise liegt es auch nur daran, daß die Welt voller Muster ist.

Um ein Beispiel zu nennen: Etwa fünfzehntausend Kilometer von Masklin entfernt, hoch an einem von Wolken umschmiegten Berghang, gab es eine Pflanze, die wie eine große Blume aussah. Sie wuchs im Wipfel eines hohen Baums, und ihre Wurzeln baumelten nach unten, auf der Suche nach Nährstoffen in der feuchten Luft. Es handelte sich um eine epiphytische Bromelie, doch ob man das wußte oder nicht — für die Pflanze spielte es keine Rolle.

Im Innern der Blume sammelte sich Wasser zu einem kleinen Teich.

Und darin schwammen Frösche.

Winzige Frösche.

Nahe Blütenblätter stellten die Grenze ihrer Welt dar.

Sie fingen Insekten. Sie legten Eier in den kleinen Teich. Kaulquappen schlüpften daraus und wurden zu neuen Fröschen, die wiederum Kaulquappen zeugten. Schließlich starben sie, sanken nach unten und vereinten sich mit dem Kompost am Grund des Teichs, der zur Ernährung der Pflanze beitrug.

Auf diese Weise war der Kosmos beschaffen, soweit sich Frösche zurückerinnern konnten.*

An diesem Tag jagte ein Frosch nach Fliegen und verirrte sich. Er kroch an einer der äußeren Blüten — oder vielleicht einem Blatt — vorbei und sah etwas, das er noch nie zuvor gesehen hatte.

Er sah das Universum.

Besser gesagt: Er sah einen Ast, der im Dunst verschwand.

Und mehrere Meter entfernt, in einem Schaft aus blassem Sonnenlicht, fiel ihm eine andere Blume auf. Feuchtigkeit perlte an ihr.

Der Frosch rührte sich nicht mehr von der Stelle und starrte.

»Hngh! Hngh! Hngh!«

Gurder lehnte sich an die Wand und keuchte wie ein erschöpfter Hund an einem heißen Tag.

Angalo war fast ebenso außer Atem, wollte es jedoch nicht zeigen. Sein Gesicht lief rot an.

»Warum hast du uns nichts *gesagt*?« brachte er hervor.

»Ihr wart viel zu sehr mit eurem Zank beschäftigt«, erwiderte Masklin. »Es gab nur eine Möglichkeit, euch Beine zu machen — indem ich einfach loslief.«

»Besten ... Dank«, japste Gurder.

»Warum schnaufst *du* nicht?« fragte Angalo.

»Ich bin daran gewöhnt, schnell zu rennen.« Masklin

---
* Etwa drei Sekunden. Frösche haben kein sehr gutes Gedächtnis.

spähte um die Topfpflanze herum. »In Ordnung, *Ding*. Und nun?«

»*Folgen Sie dem Verlauf dieses Korridors*«, antwortete der schwarze Kasten.

»Er ist voller Menschen!« jammerte Gurder.

»Alles ist voller Menschen — deshalb sind wir hier«, entgegnete Masklin. Nach kurzem Zögern fügte er hinzu: »Hör mal, *Ding*: Gibt es noch einen anderen Weg? Gurder wäre eben fast unter einem Fuß zerquetscht worden.«

Bunte Lichter tanzten in einem komplizierten Muster über den Kasten. »*Was bezwecken Sie?*«

»Wir müssen Enkel Richard, 39, finden.« Gurder keuchte noch immer.

Masklin schüttelte den Kopf. »Nein. Noch wichtiger ist es, nach Florida zu gelangen.«

»Unsinn!« entfuhr es dem Abt. »Ich will überhaupt nicht nach irgendeinem Florida!«

Masklin zögerte erneut. »Dies dürfte kaum der geeignete Zeitpunkt sein, aber ... Ich bin euch gegenüber nicht ganz ehrlich gewesen.«

Er erzählte seinen Gefährten vom *Ding*, vom All und dem Schiff am Himmel. Um sie herum erklang der unaufhörliche Lärm eines Gebäudes voller Menschen.

Schließlich sagte Gurder: »Es geht dir gar nicht darum, Enkel Richard zu finden?«

»Wahrscheinlich ist er sehr wichtig«, versicherte Masklin hastig. »Aber im Prinzip hast du recht. Bei Florida gibt es einen Ort, wo besondere Flugzeuge geradewegs nach oben fliegen, um piepende Radiodinge an den Himmel zu setzen.«

»Oh, ich *bitte* dich«, brummte Angalo. »Man kann doch keine Dinge an den Himmel setzen! Sie würden herunterfallen.«

»Ich verstehe es selbst nicht genau«, sagte Masklin. »Aber wenn man weit genug nach oben fliegt, existiert überhaupt kein Unten mehr. Glaube ich. Wie dem auch sei: Wir müssen nur nach Florida und das *Ding* in einem der nach oben fliegenden Flugzeuge verstauen — den Rest erledigt es allein.«

»Das ist alles?« fragte Angalo.

»Es kann nicht schwerer sein als der Diebstahl eines Lastwagens«, meinte Masklin.

»Damit willst du doch nicht andeuten, daß wir ein *Flugzeug* stehlen sollen, oder?« Diesmal zeigten Gurders Züge Entsetzen.

»Donnerwetter!« hauchte Angalo, und hinter seinen Augen schienen plötzlich Lampen zu brennen. Er liebte bewegliche Maschinen aller Art — erst recht dann, wenn sie sich *schnell* bewegten.

»Dazu wärst du bereit, habe ich recht?« kam es vorwurfsvoll von Gurders Lippen.

»Donnerwetter!« wiederholte Angalo. Sein Blick glitt in die Ferne, und dort betrachtete er ein Bild, das sich allein ihm offenbarte.

»Du bist verrückt«, sagte der Abt.

»Niemand hat vorgeschlagen, ein Flugzeug zu stehlen«, erwiderte Masklin rasch. »Es liegt mir fern, ein Flugzeug zu stehlen. Wir fliegen nur mit einem. Hoffe ich.«

»Donnerwetter!«

»Und wir werden *nicht* versuchen, es zu steuern, Angalo!«

Der Nom zuckte mit den Achseln.

»Na schön«, murmelte Angalo. »Aber wenn ich an Bord bin, und wenn der Fahrer krank wird... Dann muß ich für ihn einspringen. Ich meine, den Laster habe ich ziemlich gut gefahren...«

»Du bist damit immer wieder gegen *Dinge* gestoßen!« zischte Gurder.

»Ich mußte erst alles lernen. Außerdem: Am Himmel kann man nicht gegen Dinge stoßen, höchstens gegen Wolken, und die sehen recht weich aus.«

»Was ist mit dem *Boden?*«

»Oh, mit dem Boden ergäben sich keine Probleme. Er wäre viel zu weit entfernt.«

Masklin klopfte auf den schwarzen Kasten. »Weißt du denn, wo das Flugzeug ist, das nach Florida fliegen soll?«

»Ja.«

»Führ uns dorthin. Und wir wollen unterwegs nicht zu vielen Menschen begegnen, wenn es sich vermeiden läßt.«

Es nieselte, und das Tageslicht trübte sich, als der Abend begann. Überall am Flugplatz glänzten Lichter.

Niemand hörte das leise Klirren, als sich ein kleines Belüftungsgitter aus seiner Einfassung in der Außenwand löste.

Drei winzige Schemen kletterten durch die Öffnung, sprangen auf den Beton und eilten fort.

In Richtung der Flugzeuge.

Angalo sah auf. Und noch etwas mehr. Und es genügte noch immer nicht. Schließlich berührte sein Hinterkopf fast den Rücken.

Er war den Tränen nahe. »Donnerwetter«, flüsterte er immer wieder.

»Es ist zu groß«, murmelte Gurder und versuchte, den Blick davon abzuwenden. Wie die meisten Nomen aus dem Kaufhaus verabscheute er es, nach oben zu starren und keine Decke zu sehen. Angalo erging es ähnlich: Er haßte das Draußen; aber noch mehr haßte er es, nicht schnell zu fahren.

»Ich habe sie am Himmel beobachtet«, sagte Masklin. »Sie fliegen wirklich, glaubt mir.«

»Donnerwetter!«

Das Gebilde ragte vor ihnen auf, so riesig, daß man zurückweichen mußte, um die wahre Größe zu erkennen. Regen glitzerte darauf. Das Licht der Flugplatzlampen spiegelte sich grün und weiß an den Flanken wider. Es war kein Ding, sondern ein Stück geformter Himmel.

»Natürlich wirken sie viel kleiner, wenn sie weit oben sind«, sagte Masklin.

Er sah an dem Flugzeug empor. In seinem ganzen Leben hatte er sich nie kleiner gefühlt.

»Ich *möchte* eins«, stöhnte Angalo und ballte die Fäuste. »Seht es euch nur *an*. Es scheint selbst dann schnell zu sein, wenn es reglos steht.«

»Wie gelangen wir hinein?« fragte Gurder.

»Stellt euch nur die Gesichter der Nomen im Steinbruch vor, wenn wir *hiermit* zurückkehren.« Angalo seufzte verträumt.

»Oh, ich stelle sie mir vor«, erwiderte Gurder. »Ganz deutlich sehe ich das Entsetzen darin. Nun, wie steigen wir ein?«

»Wir könnten...«, begann Angalo. Er zögerte. »Warum mußt du so etwas sagen?« schnappte er.

»Die Löcher über den Rädern.« Masklin streckte die Hand aus. »Wenn wir da hineinklettern...«

»*Nein*«, sagte das unter seinen Arm geklemmte *Ding*. »*Sie wären nicht in der Lage, dort zu atmen. Sie müssen ganz im Innern sein. Wo Flugzeuge fliegen, ist die Luft sehr dünn.*«

»Das will ich auch hoffen«, ließ sich Gurder trotzig vernehmen. »Deshalb nennt man sie Luft.«

»*Sie wären nicht in der Lage, dort zu atmen*«, beharrte das Ding.

»Ich schon«, behauptete Gurder. »Bisher konnte ich überall atmen. Ist mir überhaupt nicht schwergefallen.«

»Dicht am Boden gibt es mehr Luft«, meinte Angalo. »Das habe ich in einem Buch gelesen. Ja, unten mangelt's nie an Luft, aber weiter oben wird sie knapp.«

»Warum?« fragte Gurder.

»Keine Ahnung. Vielleicht ist die Luft nicht schwindelfrei.«

Masklin watete durch die Pfützen auf dem Beton, um die andere Seite des Flugzeugs zu betrachten. Einige

Dutzend Meter entfernt benutzten Menschen mehrere Maschinen, um Kisten in den an einer Stelle geöffneten Leib des Flugzeugs zu schieben. Masklin wanderte umher, an den großen Rädern vorbei, und er beobachtete den langen, hohen Schlauch, der sich vom Flughafengebäude bis zum ›silbernen Vogel‹ erstreckte.

Er zeigte in die entsprechende Richtung.

»Ich glaube, damit werden die Menschen an Bord gebracht.«

»Was, durch ein Rohr?« fragte Angalo verdutzt. »Wie Wasser?«

»Immer noch besser, als hier draußen im Regen zu stehen«, brummte Gurder. »Ich habe keinen trockenen Faden mehr am Leib.«

»Die Treppen und Kabel und so...«, sagte Masklin. »Es sollte eigentlich nicht sehr schwierig sein, dort hochzuklettern. Und bestimmt gibt es irgendwo einen Spalt, der uns genug Platz bietet, um ins Innere zu gelangen.« Er schniefte. »Das ist immer der Fall bei Dingen, die von Menschen gebaut worden sind.«

»Also los!« drängte Angalo. »Donnerwetter!«

»Aber du wirst nicht versuchen, das Flugzeug zu stehlen«, mahnte Masklin, als sie den dicklichen Gurder mit sich zogen. »Es fliegt ohnehin zu dem Ort, den wir erreichen wollen...«

»Den *ihr* erreichen wollt«, schränkte Gurder ein. »Ich möchte *nach Hause!*«

»... und ebensowenig wirst du versuchen, das Flugzeug zu steuern. Wir sind nur zu dritt, und ein Flugzeug ist bestimmt viel komplizierter als ein Lastwagen. Wir haben es hier mit... Kennst du den Namen, *Ding?*«

»*Es heißt Concorde.*«

»Na bitte«, sagte Masklin. »Wir haben es hier mit einer sogenannten Concorde zu tun, was auch immer das bedeutet. Und du mußt mir versprechen, daß du sie nicht stiehlst.«

❖ 2 ❖

> CONCORDE: Ein Flugzeug. Es fliegt zweimal so schnell wie eine Gewehrkugel, und an Bord bekommt man geräucherten Lachs.
>
> Aus: *Eine wissenschaftliche Enzyklopädie für den wißbegierigen jungen Nom* von Angalo Kurzwarenler

Es war tatsächlich nicht schwer, einen Spalt im Menschen-gehen-darin-zum-Flugzeug-Rohr zu finden. Als weitaus schwieriger erwies es sich, die Dinge auf der anderen Seite zu verstehen.

Der Boden in den Steinbruch-Hütten hatte aus Dielen oder festgetretener Erde bestanden, im Flughafengebäude aus glänzenden Steinquadraten. Aber hier...

Gurder sank auf die Knie und strich ehrfürchtig mit den Händen darüber.

»Ein Teppich!« schluchzte er. »Ein Teppich! Ich hätte nie gedacht, daß ich noch einmal einen Teppich sehe!«

»Na, na, übertreib's nicht«, sagte Angalo. Es stimmte ihn verlegen, daß sich der Abt auf diese Weise verhielt, noch dazu in der Präsenz eines Wichts, der zwar ein guter Freund war, aber nicht aus dem Kaufhaus stammte.

Gurder erhob sich verlegen. »Entschuldigt bitte«, murmelte und klopfte imaginären Staub von der Kleidung. »Weiß gar nicht, was über mich gekommen ist. Hab mich nur, äh, erinnert. Ein richtiger Teppich. Seit *Monaten* habe ich keinen richtigen Teppich mehr gesehen.«

Er putzte sich laut die Nase. »Wißt ihr, im Kaufhaus

hatten wir herrliche Teppiche. Wirklich sehr schön. Einige mit bunten Mustern drauf.«

Masklin sah durchs lange Rohr. Es ähnelte einem Kaufhausflur und war hell erleuchtet.

»Hier können wir nicht bleiben«, sagte er. »Es gibt keine Verstecke in der Nähe. Wo sind die Menschen, *Ding*?«

»*Sie treffen bald ein.*«

»Woher *weiß* es das?« klagte Gurder.

»Es hört anderen Maschinen zu«, erklärte Masklin.

»*An Bord dieses Flugzeugs gibt es ebenfalls viele Computer*«, verkündete das *Ding*.

»Oh, gut«, entgegnete Masklin unbestimmt. »Dann kannst du mit jemandem reden.«

»*Sie sind ziemlich dumm.*« Der schwarze Kasten hatte zwar kein Gesicht, aber er schaffte es trotzdem, Verachtung zum Ausdruck zu bringen.

Etwa anderthalb Meter entfernt führte der Korridor in einen Raum. Masklin sah einen Vorhang, dahinter den Rand eines Sessels.

»Also gut, Angalo«, sagte er. »Du gehst voraus. Das möchtest du doch, oder?«

Zwei Minuten später.

Die drei Nomen hockten unter einem Sitz.

Masklin hatte nie gründlich über das Innere eines Flugzeugs nachgedacht. Er entsann sich an die Klippe überm Steinbruch, daran, die startenden Jets beobachtet zu haben. Natürlich saßen Menschen darin — Menschen waren überall. Doch das Innere von Flugzeugen schien nie wichtig gewesen zu sein. Gerade Jets erweckten den Eindruck, ganz und gar aus verschiedenen Draußenteilen zu bestehen.

Für Gurder war es zuviel. Er brach in Tränen aus.

»Elektrisches Licht«, stöhnte er. »Und noch mehr Teppiche! Und große weiche Sessel! Mit Servietten dran! Und alles ist *sauber!* Es gibt sogar *Schilder!*«

»Immer mit der Ruhe«, sagte Angalo hilflos und klopfte ihm auf den Rücken. »Es war ein *gutes* Kaufhaus, ich weiß.« Er sah zu Masklin.

»Es ist beunruhigend, das muß man zugeben«, fuhr er fort. »Ich habe etwas ganz anderes erwartet. Drähte, Kabel, Rohrleitungen, aufregende Hebel und so. Aber hier sieht's aus wie in der Möbelabteilung des Kaufhauses!«

»Wir müssen weiter«, drängte Masklin. »Bald kommen die Menschen. Denkt daran, was das *Ding* gesagt hat.«

Sie halfen Gurder auf, nahmen ihn in die Mitte und eilten unter den Sitzen über weichen Teppichboden. Es gab tatsächlich Ähnlichkeiten mit dem Kaufhaus, aber auch einen wichtigen Unterschied: Es fehlte an Versteckmöglichkeiten. Im Kaufhaus war es nur nötig gewesen, hinter oder unter etwas zu kriechen, um nicht entdeckt zu werden, doch hier...

Masklin hörte leise Geräusche in der Ferne. Die drei Wichte krochen hinter einen Vorhang, in einen Teil des Flugzeugs, der keine Sessel enthielt. Dort fanden sie einen Ritz, und Masklin kletterte sofort hinein, schob das *Ding* vor sich her.

Die Geräusche erklangen jetzt nicht mehr in der Ferne, sondern in der Nähe. Masklin drehte den Kopf — und starrte auf einen menschlichen Fuß, von dem ihn nur einige Zentimeter trennten.

Jenseits der schmalen Spalte bemerkte er ein Loch in der Metallwand; mehrere dicke Kabel verschwanden darin. Es war gerade groß genug für Angalo und Masklin, und auch für den erschrockenen Gurder, der von vier starken Nomenarmen durch die Öffnung gezerrt wurde. Sie hatten nur wenig Platz, aber wenigstens brauchten sie nicht zu befürchten, von jemandem gesehen zu werden.

Allerdings konnten sie jetzt kaum mehr feststellen, was um sie herum passierte. Dicht an dicht lagen sie im

Halbdunkel und versuchten, es sich auf den Kabeln so bequem wie möglich zu machen.

Zunächst gab niemand einen Ton von sich. Dann sagte Gurder: »Ich fühle mich wieder besser.«

Masklin nickte.

Er lauschte den Geräuschen. Irgendwo unter ihnen ertönte ein metallenes *Klonk*, das sich mehrmals wiederholte. Er vernahm die dumpfen Stimmen der Menschen — und spürte einen Ruck.

»*Ding?*« flüsterte er.

»*Ja?*«

»Was geschieht nun?«

»*Die letzten Startvorbereitungen werden getroffen.*«

»Oh.«

»*Wissen Sie, was das bedeutet?*«

»Nein. Nicht genau.«

»*Das Flugzeug wird bald abheben, vom Boden. Und dann fliegt es, in der Luft. Hoch oben am Himmel.*«

Masklin hörte, wie Angalo tief durchatmete.

Er rutschte in die Lücke zwischen der Wand und einem Kabelstrang, starrte nachdenklich in die Finsternis.

Die Wichte sprachen nicht miteinander. Nach einigen Minuten ruckte es noch einmal, und der Jet schien sich zu bewegen.

Sonst geschah nichts. Die Ereignislosigkeit dauerte an.

Entsetzen vibrierte in Gurders Stimme, als er schließlich fragte: »Können wir noch aussteigen, oder ist es schon zu ...«

Etwas donnerte und hinderte ihn daran, den Satz zu beenden. Ein zornig klingendes Grollen hielt alles in einem sanften, aber sehr entschlossenen Griff.

Es folgte eine kurze, sonderbare Stille. Auf diese Weise mußte ein Ball empfinden, wenn er den Scheitelpunkt seiner Flugbahn erreichte und für einen Sekundenbruchteil schwebte, bevor er nach unten fiel. Eine unsichtbare Hand schien die drei Nomen zu packen und preßte sie zur Seite. Der Boden versuchte, zur Wand zu werden.

Die Wichte schnappten nach Luft, starrten sich an und schrien.

Irgendwann schwiegen sie wieder. Es schien nur wenig Sinn zu haben, auch weiterhin zu schreien, und außerdem waren sie außer Atem.

Ganz langsam verwandelte sich der Boden in richtigen Boden zurück und gab offenbar den Wunsch auf, zur Wand zu metamorphieren.

Masklin schob Angalos Fuß von seinem Hals.

»Ich glaube, wir fliegen jetzt«, sagte er.

»Das war also der Start?« fragte Angalo enttäuscht. »Von draußen gesehen wirkte alles viel eleganter und anmutiger.«

»Ist jemand verletzt?«

Gurder richtete sich auf.

»Ich habe überall blaue Flecken.« Er strich seine Kleidung glatt und fügte — typisch für einen Nom — hinzu: »Gibt es hier etwas zu essen?«

Sie hatten keinen Gedanken an Nahrung verschwendet.

Masklin blickte in den Kabeltunnel, der hinter ihm durch die Dunkelheit reichte.

»Vielleicht brauchen wir keine Lebensmittel«, sagte er unsicher. »Wie lange dauert die Reise nach Florida, *Ding*?«

»*Der Flugkapitän hat den Passagieren gerade mitgeteilt, daß wir unseren Bestimmungsort in sechs Stunden und fünfundvierzig Minuten erreichen*«, antwortete der schwarze Kasten.[*]

»Bis dahin sind wir verhungert!« ächzte Gurder.

»Ob es sich lohnt, hier auf die Jagd zu gehen?« fragte Angalo hoffnungsvoll.

---

[*] Etwa zweieinhalb Tage für einen Nom.

»Das bezweifle ich«, erwiderte Masklin. »Wahrscheinlich treiben sich hier keine Mäuse herum.«

»Die Menschen haben bestimmt etwas zu essen«, meinte Gurder. »Das haben sie immer.«

»Ich *wußte*, daß du so etwas sagen würdest«, entgegnete Angalo.

»Ist doch logisch.«

»Ach, wenn ich aus einem Fenster sehen könnte ...«, hauchte Angalo. »Um festzustellen, *wie* schnell wir sind. Vorbeisausende Bäume und so ...«

»Hört mal ...«, begann Masklin, der fürchtete, daß die Dinge außer Kontrolle gerieten. »Ich schlage vor, wir warten eine Zeitlang ab, einverstanden? Nutzen wir die Gelegenheit, um auszuruhen. *Später* suchen wir vielleicht nach Nahrung.«

Die Nomen entspannten sich. Wenigstens war es hier warm und trocken. Masklin hatte viel zu lange in dem kalten und feuchten Loch an der Autobahnböschung gelebt, um nicht über die Chance dankbar zu sein, an einem warmen und trockenen Ort zu schlafen.

Er döste ...

Fliegen.

In der Luft, hoch am Himmel ...

Vielleicht gab es Hunderte von Wichten, die an Bord von Flugzeugen lebten, so wie vorher die Nomen im Kaufhaus. Vielleicht wohnten sie irgendwo unter dem Teppichboden und wurden die ganze Zeit über zu all den Orten getragen, die Masklin damals auf der Karte im Taschenkalender gesehen hatte. Ihre Namen klangen verlockend: Afrika, Australien, China, Äquator, Printed in Hong Kong, Island ...

Vielleicht hatten jene Wichte nie aus den Fenster gesehen. Vielleicht wußten sie gar nicht, daß sie flogen.

Masklin fragte sich, ob Grimma dies gemeint haben mochte, als sie ihm von Fröschen in einer Blume erzählte. Sie hatte in einem Buch davon gelesen. Man konnte sein ganzes Leben an einem kleinen Ort verbringen und ihn für die *Welt* halten. Mit großem Bedauern erinnerte er sich nun an seinen Ärger. Er hatte nicht zugehört.

Nun, eins steht fest, dachte Masklin schläfrig. *Inzwischen habe ich die Blume verlassen ...*

Der Frosch hatte einige jüngere Frösche zum Blattrand am Ende der Blumenwelt geführt.

Sie starrten zum Ast. Vor ihnen erstreckte sich ein dunstiger Kosmos, der nicht nur eine Blume enthielt, sondern Dutzende, woraus sich ein Problem für die Frösche ergab: Sie konnten nur bis eins zählen.

Sie sahen jetzt vielfaches Eins.

Und sie starrten zu den anderen Blumen. Wenn's ums Starren geht, sind Frösche wahre Meister.

Das Denken fällt ihnen wesentlich schwerer. Es wäre nett, hier darauf zu hinweisen, daß die Frösche lange über die neuen Blumen nachdachten, über das Leben in der alten und die Notwendigkeit von Forschungsreisen ins Unbekannte, auch über die Hypothese, daß sich die Welt nicht nur auf einen von Blütenblättern gesäumten Teich beschränkte.

Statt dessen dachten die Frösche: .-.-. mipmip .-.-. mipmip .-.-. mipmip.

Aber ihre *Gefühle* fanden in einer Blume nicht mehr genug Platz.

Langsam und zögernd rutschten sie auf den Ast, ohne zu wissen, was sie dazu veranlaßte.

Das *Ding* piepte höflich.

»*Vielleicht interessiert Sie der Hinweis, daß wir die Schallmauer durchbrochen haben*«, teilte es mit.

Masklin wandte sich an seine beiden Begleiter.

»Na schön«, sagte er. »Wer war's?«

»Sieh mich nicht so an«, erwiderte Angalo. »Ich habe nichts zerbrochen.«

Masklin kroch zum Rand des Loches und spähte hinaus.

Überall sah er menschliche Füße. Die meisten davon schienen Frauen zu gehören: Für gewöhnlich trugen sie die weniger praktischen Schuhe.

Man konnte viel über Menschen herausfinden, indem man ihre Schuhe betrachtete. Meistens genügte es für Nomen, ihre Aufmerksamkeit auf die Schuhe zu richten. Für gewöhnlich war der Rest eines Menschen kaum mehr als das falsche Ende von zwei Nasenlöchern, weit oben.

Masklin schnupperte.

»Hier gibt es irgendwo etwas zu essen«, sagte er.

»Was denn?« fragte Angalo.

»Das Was interessiert mich nicht.« Gurder kletterte hastig zur Öffnung. »*Was* auch immer es sein mag — ich esse es in jedem Fall.«

»Warte!« zischte Masklin und drückte das *Ding* in Angalos Hände. »Ich gehe! Sorg dafür, daß er hierbleibt, Angalo!«

Er sprang durchs Loch, lief zum Vorhang und verschwand dahinter. Nach einigen Sekunden neigte er den Kopf weit genug zur Seite, um ein Auge und die gewölbte Braue darüber zu zeigen.

Der Raum war eine Art Küche. Menschliche Frauen nahmen Tabletts mit Nahrung aus der Wand. Nomen können noch besser riechen als Füchse, und Masklin spürte, wie ihm das Wasser im Mund zusammenlief. Er mußte es zugeben: Es war ganz in Ordnung, auf die Jagd zu gehen und Dinge anzubauen, aber das Ergebnis ließ sich nicht mit den Leckereien der Menschen vergleichen.

Eine der Frauen stellte das letzte Tablett auf einen Wagen und rollte ihn an Masklin vorbei. Die Räder waren fast so groß wie der Nom.

Als sich das quietschende Gebilde direkt neben ihm befand, verließ der Wicht sein Versteck, sprang und quetschte sich zwischen die Flaschen. Es war töricht und dumm, das wußte er — aber es erschien ihm immer noch besser, als im Kabel-Loch zwei Idioten Gesellschaft zu leisten.

Lange Reihen von Schuhen. Einige schwarz, andere braun. Einige mit Schnürsenkeln, andere ohne. Vielen von ihnen fehlten Füße — die Menschen hatten sie abgestreift.

Masklin sah nach oben, als der Wagen weiterrollte.

Lange Reihen von Beinen. Einige in Röcken, aber die meisten in Hosen.

Er blickte noch höher. Es geschah nur selten, daß Nomen sitzende Menschen sahen.

Lange Reihen von Körpern, drüber lange Reihen von Köpfen, vorn mit Gesichtern. Lange Reihen von ...

Masklin duckte sich hinter die Flaschen.

Enkel Richard beobachtete ihn.

Es war das Gesicht aus der Zeitung, kein Zweifel: ein kurzer Bart, ein lächelnder Mund mit vielen Zähnen drin. Und das Haar ... Es schien nicht auf normale Weise gewachsen, sondern aus einer glänzenden Substanz geschnitzt zu sein.

Enkel Richard, 39.

Die Augen im Gesicht starrten in Masklins Richtung, und dann drehte Enkel Richard den Kopf.

Er kann mich nicht gesehen haben, dachte der Nom. *Ich hocke hier hinter den Flaschen, in einem guten Versteck.*

Wie wird Gurder reagieren, wenn ich ihm davon erzähle?

Vielleicht dreht er durch. Und: *Falsch. Er dreht* ganz bestimmt *durch.*

Ich sollte es besser für mich behalten, zumindest eine Zeitlang. Ja, ich glaube, das ist eine gute Idee. Wir haben auch so schon genug Sorgen.

Entweder gab es achtunddreißig andere Enkel Richard vor ihm — und das glaube ich eigentlich nicht —, oder Zeitungen nennen auf diese Weise das Alter von Menschen. Neunund-

dreißig Jahre. Fast halb so alt wie das Kaufhaus. Einige Nomen behaupten, das Kaufhaus sei so alt wie die Welt. Das kann natürlich nicht stimmen, aber...

Wie fühlt man sich, wenn man fast ewig lebt?

Masklin kroch noch weiter hinter die Gegenstände auf dem Regal des Wagens. Flaschen standen dort, und daneben lagen Beutel mit knubbligen Objekten, etwas kleiner als die Faust eines Wichts. Er stach sein Messer ins Papier, bis ein ausreichend großes Loch entstand, und dann holte er ein Knubbelding hervor.

Es stellte sich als gesalzene Erdnuß heraus. Nun, ein Anfang.

Er griff nach dem Beutel, als sich eine Hand an ihm vorbeistreckte.

Sie war so nahe, daß er sie berühren konnte.

Sie war nahe genug, um *ihn* zu berühren.

Masklin sah rote Fingernägel, als sich die Hand um einen anderen Beutel mit Erdnüssen schloß und nach oben zurückkehrte.

Später rang er sich zu der Erkenntnis durch, daß die Frau gar nicht in der Lage gewesen wäre, ihn zu sehen. Sie faßte einfach nur nach einem Gegenstand, von dem sie wußte, daß er im Wagen lag. Von Masklin ahnte sie nichts, und deshalb konnte sie wohl kaum beabsichtigt haben, ihn zu packen.

Nun, das dachte er später. Doch als ihn die menschliche Hand nur um ein oder zwei Zentimeter verfehlte, sah alles ganz anders aus. Masklin hechtete vom Wagen herunter, rollte sich auf dem Teppichboden ab und hastete unter den nächsten Sitz.

Er nahm sich nicht einmal Zeit genug, um nach Luft zu schnappen. Die Erfahrung hatte ihn folgendes gelehrt: Besonders unangenehme Überraschungen erlebte man dann, wenn man eine Pause einlegte, um wieder zu Atem zu kommen. Er raste von Sessel zu Sessel, wich riesigen Füßen, abgestreiften Schuhen, heruntergefallenen Zeitungen und Taschen aus. Als er zur anderen Seite des Mittelgangs und in Richtung Flugzeugküche stürmte, war er selbst nach nomischen Maßstäben ein Schemen. Er hielt nicht einmal inne, als er das Loch erreichte. Er sprang einfach und passierte die Öffnung, ohne an ihre Ränder zu stoßen.

»Eine Erdnuß?« fragte Angalo. »Zwischen drei Nomen aufzuteilen? Es bleibt kaum mehr als ein Bissen für jeden von uns!«

»Was schlägst du vor?« erwiderte Masklin bitter. »Willst du zu der Frau-die-Nahrung-verteilt gehen und ihr sagen: Bitte drei *große* Portionen für drei *kleine* Leute?«

Angalo starrte ihn an. Masklin schnaufte jetzt nicht mehr, aber sein Gesicht war noch immer gerötet.

»Vielleicht ist es einen Versuch wert«, brummte er.

»Was?«

»Nun, stell dir einmal vor, ein Mensch zu sein ...«, begann Angalo. »Würdest du Nomen in einem Flugzeug erwarten?«

»Natürlich nicht ...«

»Du wärst sicher sehr überrascht, einen Wicht zu sehen, oder?«

»Sollen wir uns etwa *absichtlich* einem Menschen zeigen?« entfuhr es Gurder. »Das kann unmöglich dein Ernst sein!«

»Ist es dir lieber, an *einer* Erdnuß zu knabbern und anschließend zu verhungern?« hielt ihm Angalo entgegen.

Gurder blickte hungrig auf den kleinen Erdnußbrocken in seiner Hand. Er kannte Erdnüsse aus dem Kaufhaus. Wenn Weihnachten bevorstand, enthielt der Speisesaal viele Spezialitäten, die sonst nicht angeboten wurden, und Erdnüsse bildeten einen schmackhaften Nachtisch. Vermutlich eigneten sie sich auch als Vorspeise. Aber als Hauptmahlzeit taugten sie nichts.

Der Abt seufzte. »Erklär uns deinen Plan.«

Eine der Frauen-die-Nahrung-verteilen zog Tabletts von einem Regal, als sie aus den Augenwinkeln eine Bewegung bemerkte und aufsah. Langsam drehte sie den Kopf.

Etwas Kleines und Dunkles sank neben ihrem rechten Ohr nach unten.

Es schob winzige Daumen in winzige Ohren, wackelte mit den Fingern und streckte die Zunge aus.

»Bääähhh«, sagte Gurder.

Die Frau ließ das Tablett auf den Boden fallen und gab ein seltsames Geräusch von sich — es klang wie das Heulen eines schrillen Nebelhorns. Sie wich zurück und hob beide Hände zum Mund. Schließlich drehte sie sich so träge um wie ein Baum, der sich nicht entscheiden kann, ob er fallen oder stehenbleiben soll. Mit langen Schritten floh sie hinter den Vorhang.

Als sie mit einem anderen Menschen zurückkehrte, war die kleine Gestalt fort.

Ebenso wie ein großer Teil der Nahrung auf dem Tablett.

»Ich weiß nicht, wann ich zum letztenmal geräucherten Lachs genießen konnte«, brachte Gurder glücklich hervor.

»Mmmpf«, antwortete Angalo.

»So sollte man ihn nicht essen«, sagte der Abt streng. »Es gehört sich nicht, ihn in den Mund zu stopfen und die heraushängenden Teile abzuschneiden. Was sollen die Leute von dir denken?«

»Hier sin' gar keine Leute«, erwiderte Angalo undeutlich. »Nur Ma'klin und du.«

Unterdessen öffnete Masklin einen Behälter mit Milch, der fast so groß war wie ein Nom.

»Schon besser, nicht wahr?« Gurder strahlte. »Richtige, natürliche Nahrung, aus Büchsen und so. Man braucht nicht erst den Schmutz abzuwaschen wie im Steinbruch. Außerdem haben wie es hier bequem und warm. So lasse ich mir das Reisen und Fliegen gefallen. Möchte jemand etwas von diesem ...« Er deutete unsicher auf eine Schüssel und betrachtete die Masse darin. »... Zeug?«

Angalo und Masklin schüttelten den Kopf. Die Schüssel enthielt ein glänzendes, schwabbeliges und rosarotes Etwas mit einer Kirsche drauf. Irgendwie gelang es der Substanz, wie etwas auszusehen, das man nicht einmal dann verspeiste, nachdem man eine ganze Woche lang gehungert hatte.

»Wie schmeckt es?« fragte Masklin, als Gurder etwas davon probierte.

»Irgendwie rosarot«, antwortete der Abt.*

»Möchte jemand die Erdnuß zum Nachtisch?« erkundigte sich Angalo und lächelte. »Nein? Dann werfe ich sie weg, in Ordnung?«

»Nein!« rief Masklin. Die beiden anderen Nomen sahen ihn groß an. »Entschuldigt bitte. Ich meine nur: Du solltest die Erdnuß *nicht* wegwerfen. Es ist verkehrt, gute Nahrung zu vergeuden.«

»Eine *Sünde*«, fügte Gurder ernst hinzu.

»Hm, von Sünden weiß ich kaum etwas«, murmelte Masklin. »Aber so etwas wäre nicht nur verkehrt, sondern auch dumm. Wir sollten die Erdnuß aufbewahren. Vielleicht brauchen wir sie doch noch.«

Angalo streckte die Arme und gähnte.

»Wenn ich mich jetzt waschen könnte...«, sagte er.

»Mir ist hier noch kein Wasser aufgefallen«, erwiderte Masklin. »Bestimmt gibt es irgendwo ein Waschbecken oder eine Toilette, aber ich habe keine Ahnung, wo wir mit der Suche danach beginnen sollten.«

»Da wir gerade von Toiletten sprechen...«, begann Angalo.

---

* An Bord von Flugzeugen gibt es bei jeder Mahlzeit kleine Schüsseln, die eine schwabbelige und rosarot schmeckende Masse enthalten. Vielleicht steckt irgend etwas Religiöses dahinter.

»Dort drüben«, sagte Gurder. »Auf der anderen Seite des dicken Kabels.«

»*Und kommen Sie den elektrischen Leitungen nicht zu nahe*«, warf das *Ding* ein. Angalo nickte verwirrt und kroch in die Finsternis.

Gurder gähnte ebenfalls.

»Halten die Frauen-die-Nahrung-verteilen nicht nach uns Ausschau?« erkundigte er sich.

»Das bezweifle ich«, entgegnete Masklin. »Als wir damals im Draußen lebten, bevor wir zum Kaufhaus kamen ... Bestimmt haben uns die Menschen manchmal bemerkt. Aber sie glaubten einfach, ihren Augen nicht trauen zu können. Sie würden wohl kaum jene gräßlichen Gartenstatuen herstellen, wenn sie jemals einen *wahren* Nom gesehen hätten.«

Gurder griff in einer Tasche seines Umhangs und holte das Bild von Enkel Richard hervor. Selbst im matten Licht erkannte Masklin sofort den Menschen im Sessel wieder. Sein Gesicht hatte nicht ganz so zerknittert gewirkt, und es bestand auch nicht aus Hunderten von winzigen Punkten, aber sonst ...

»Glaubst du, er befindet sich an Bord?« fragte Gurder sehnsüchtig.

»Vielleicht«, erwiderte Masklin und fühlte sich miserabel. »Vielleicht. Äh, hör mal, Gurder ... Angalo mag ein wenig zu weit gehen, aber er könnte recht haben. Möglicherweise ist Enkel Richard nur ein Mensch. Wahrscheinlich *haben* die Menschen das Kaufhaus für andere Menschen gebaut. Deine Vorfahren ließen sich darin nieder, weil es dort warm und trocken war. Und..«

»Ich höre *nicht* zu«, betonte Gurder. »Wir sind keine unwichtigen Dinge wie Ratten und Mäuse. Wir sind etwas Besonderes.«

»Das *Ding* vertritt in dieser Hinsicht einen ziemlich klaren Standpunkt«, sagte Masklin geduldig. »Es behauptet, wir kommen von woanders.«

Der Abt faltete das Bild zusammen. »Vielleicht kommen wir von woanders. Vielleicht auch nicht. Es spielt keine Rolle.«

»Da ist Angalo anderer Ansicht. Er glaubt, es spielt eine *große* Rolle.«

»Warum sollte es das? Es gibt mehr als nur eine Wahrheit.« Gurder zuckte mit den Schultern. »Ich könnte sagen: Nomen sind nur Staub, Saft, Knochen und Haare — und das stimmt. Ich könnte hinzufügen: Die Köpfe von Nomen enthalten etwas, das über den Tod hinausgeht und auch dann noch existiert, wenn man gestorben ist. Es stimmt ebenfalls. Frag das *Ding*.«

Bunte Lichter glänzten am schwarzen Kasten.

Masklin riß verblüfft und schockiert die Augen auf. »Solche Fragen habe ich ihm *nie* gestellt.«

»Warum denn nicht? Es wäre die *erste* Frage, die *ich* an das *Ding* richten würde.«

»Ich höre bereits die Antwort. Sie lautet: ›Berechnung unmöglich.‹ Oder: ›Ungenügende Parameter.‹ Solche Worte wählt das *Ding*, wenn es nicht Bescheid weiß und das nicht zugeben will. *Ding*?«

Der schwarze Kasten schwieg, und seine Lichter bildeten ein neues Muster.

»*Ding*?« wiederholte Masklin.

»*Ich analysiere Kommunikationssignale.*«

»Das macht es oft, wenn es sich langweilt«, wandte sich Masklin an Gurder. »Dann liegt es einfach nur da und lauscht unsichtbaren Nachrichten in der Luft. He, *Ding*, paß gut auf. Dies ist eine wichtige Angelegenheit. Wir möchten wissen ...«

Lichter blinkten, und viele von ihnen wechselten die Farbe, schimmerten rot.

»*Ding!* Wir ...«

Der Kasten räusperte sich, indem er summte und klickte.

»*Im Cockpit ist ein Nom entdeckt worden.*«

»Hör mal, *Ding*, wir ... Was?«

»*Ich wiederhole: Im Cockpit — der Kabine des Piloten — ist ein Nom entdeckt worden.*«

Masklin erstarrte.

»Angalo?«

»*Eine hohe Wahrscheinlichkeit spricht dafür*«, bestätigte das *Ding*.

❖ 3 ❖

> REISENDE MENSCHEN: Große, den Nomen ähnelnde Wesen. Viele Menschen verbringen eine Menge Zeit damit, von einem Ort zum anderen zu reisen, und das ist seltsam: Meistens befinden sich an ihrem Ziel schon zu viele Menschen. Siehe auch TIERE, INTELLIGENZ, EVOLUTION und PUDDING.
>
> Aus: *Eine wissenschaftliche Enzyklopädie für den wißbegierigen jungen Nom* von Angalo Kurzwarenler

Masklins und Gurders Stimmen hallten durch den Kabeltunnel, als sie über elektrische Leitungen hinwegkletterten.

»Ich *dachte* mir schon, daß es zu lange dauert!«

»Du hättest nicht zulassen dürfen, daß er allein losgeht! Du weißt doch, wie gern er Dinge fährt und steuert!«

»*Ich* hätte es nicht zulassen dürfen? Und was ist mit dir?«

»Er hat überhaupt kein Verantwortungsgefühl... Wohin jetzt?«

Angalo hatte sich das Innere eines Flugzeugs als ein Durcheinander aus Drähten und Rohrleitungen vorgestellt. Das stimmte auch, zumindest in gewisser Weise. Die beiden Wichte kletterten nun durch eine schmale, von Kabeln erfüllte Welt unter dem Boden.

»Ich bin zu alt für so etwas! Für jeden Nom kommt einmal der Zeitpunkt, am dem er aufhören muß, in schrecklichen Flugmaschinen umherzukriechen!«

»Wie oft bist du in schrecklichen Flugmaschinen umhergekrochen?«

»Einmal zuviel!«

»*Wir nähern uns dem Cockpit*«, sagte das *Ding*.

»Das kommt davon, wenn wir uns den Menschen zeigen«, verkündete Gurder. »Es ist eine Strafe, jawohl.«

»Wer straft uns?« fragte Masklin und half dem Abt auf.

»Wie bitte?«

»Du hast eine Strafe erwähnt. Jemand muß sie beschlossen haben, nicht wahr?«

»Ich meinte eine Strafe im allgemeinen. So wie Schicksal. Niemand *beschließt* das Schicksal, oder?«

Masklin verharrte.

»Und nun, *Ding?*«

»*Die Nachricht berichtete den Frauen-die-Nahrung-verteilen von einem kleinen Geschöpf im Cockpit*«, erwiderte der schwarze Kasten. »*Wir sind nun genau darunter. Hier gibt es viele Computer.*«

»Sie sprechen mit dir, stimmt's?«

»*Ein wenig. Sie sind wie Kinder. Die meisten Zeit über hören sie nur zu*«, erklärte das *Ding* selbstgefällig. »*Es mangelt ihnen an Intelligenz.*«

»Was unternehmen wir jetzt?« fragte Gurder.

»Wir...« Masklin zögerte. Der unausgesprochene Satz enthielt an irgendeiner Stelle das Wort ›retten‹.

Ein gutes, dramatisches Wort. Er sehnte sich danach, es auszusprechen. Das Problem war nur: Dicht dahinter folgte ein anderes, und es bestand aus einer einzigen scheußlichen Silbe.

Es lautete *wie*.

»Ich glaube nicht, daß die Menschen versuchen, ihm ein Leid zuzufügen«, sagte Masklin und hoffte, daß er recht behielt. »Vielleicht sperren sie ihn irgendwo ein. Wir müssen einen Ort finden, von dem aus wir alles genau beobachten können.« Hilflos starrte er auf das Gewirr aus Leitungen und seltsamen Metallteilen weiter vorn.

»Dann solltest du mir die Führung überlassen«, meinte Gurder sachlich.

»Warum?«

»Du kennst dich im Draußen aus, wo's jede Menge Platz gibt.« Der Abt schob Masklin beiseite. »Aber wir Kaufhaus-Nomen wissen, wie man an Drinnen-Dingen vorbeikommt.«

Er rieb sich die Hände.

»Also gut«, brummte er, griff nach einem Kabel und schlüpfte durch einen Spalt, den Masklin bisher gar nicht bemerkt hatte.

»Als ich ein Junge war, sind wir immer wieder auf Entdeckungsreise gegangen«, fuhr der Abt fort. »Haben dabei viele Abenteuer erlebt.«

»Ach?« kommentierte Masklin.

»Hier entlang, glaube ich. Achte auf die elektrischen Leitungen.« Und: »Oh, ja. Wir sind durch Liftschächte geklettert, haben uns Telefon-Schaltkästen von innen angesehen...«

»Du hast doch immer wieder darauf hingewiesen, daß Kinder zuviel Zeit damit verbringen, umherzulaufen und Unsinn anzustellen.«

»Äh. Ja. Nun, *das* ist Jugendkriminalität«, sagte Gurder streng. »*Wir* waren damals nur temperamentvoll. Laß es uns hier versuchen.«

Sie krochen zwischen zwei warmen Metallwänden. Voraus glänzte helles Licht.

Auf allen vieren schoben sich Masklin und Gurder nach vorn.

Der Raum war seltsam geformt und nicht viel größer als das Führerhaus des Lastwagens. Auch in diesem Fall bot er gerade genug Platz für die menschlichen Fahrer beziehungsweise Piloten.

Doch hier *wimmelte* es von Kontrollen.

Sie bedeckten die Wände und Decke: kleine Lampen, Schalter, Anzeigefelder und Hebel. Masklin dachte:

Wenn Dorcas hier wäre, so würde es uns nie gelingen, ihn fortzubringen. Aber Angalo ist hier irgendwo, und wir müssen ihn fortschaffen.

Zwei Menschen knieten auf dem Boden, und eine der Frauen-die-Nahrung-verteilen stand neben ihnen. Ihre Stimmen muhten und knurrten.

»Menschen, die miteinander sprechen«, murmelte Masklin. »Ich wünschte, wir könnten sie verstehen.«

»*Wenn Sie möchten, daß ich für Sie übersetze ...*«, ließ sich das *Ding* vernehmen.

»Bist du imstande, die von Menschen verursachten Geräusche zu deuten?«

»*Natürlich. Die Menschen sprechen wie Nomen, nur langsamer.*«

»Was? *Was?* Das hast du uns nie gesagt! Warum hast du uns das nie gesagt?«

»*Es gibt Milliarden von Dingen, von denen ich Ihnen nie erzählt habe. Wo soll ich beginnen?*«

»Wie wär's damit, wenn du uns mitteilst, worüber die Menschen reden?« schlug Masklin vor. »Bitte?«

»*Einer von ihnen hat gerade gesagt: ›Es muß eine Maus oder so gewesen sein.‹ Und der andere sagte: ›Das glaube ich nur, wenn Sie mir eine Maus zeigen, die Kleidung trägt.‹ Und die Frau-die-Nahrung-verteilt sagte: ›Was ich gesehen habe, war keine Maus. Das Etwas hat eine Himbeere nach mir geworfen (Ausruf).‹*«

»Was ist eine ›Himbeere‹?«

»*Die kleine rote Frucht der Pflanze* Rubus idaeus.«

Masklin wandte sich an Gurder.

»*Hast* du eine Himbeere nach ihr geworfen?«

»Wer? Ich? Hör mal, es lagen überhaupt keine Früchte in der Nähe — andernfalls hätte ich sie gegessen. Ich habe mich auf ein ›Bääähhh‹ beschränkt.«

»*Einer der Menschen hat gerade gesagt: ›Ich habe mich umgedreht, und dort stand das Wesen, starrte aus dem Fenster.‹*«

»Angalo, kein Zweifel«, meinte Gurder.

»*Der andere Mensch auf den Knien hat geantwortet: ›Nun, was auch immer es ist — es steckt jetzt hinter dieser Schalttafel und kann nicht weg.‹*«

»Der Mensch nimmt einen Teil der Wand ab!« stellte Masklin entsetzt fest. »O nein! Er greift hinein!«

Erneut muhte es.

»*Der Mensch hat gesagt: ›Er hat mich gebissen! Der kleine Teufel hat mich gebissen!‹*« übersetzte das *Ding*. Es sprach im Plauderton.

»Typisch Angalo«, brummte Gurder. »So war auch sein Vater. Gab nie auf. Setzte sich immer wieder zur Wehr.«

»Die Menschen wissen gar nicht, wonach sie suchen!« stieß Masklin hervor. »Sie haben Angalo gesehen, aber er lief fort! Sie sind nicht sicher, *was* sie gesehen haben, und eigentlich glauben sie gar nicht an Wichte! Wenn wir verhindern, daß er gefangen wird, wenn wir mit ihm verschwinden ... Dann nehmen die Menschen sicher an, daß es sich um eine Maus oder so handelte!«

»Vielleicht können wir hinter die Wand kriechen und auf diese Weise Angalo erreichen«, überlegte Gurder laut. »Aber das dauert zu lange.«

Masklin blickte sich verzweifelt um. Außer den drei Menschen, die Angalo zu fangen versuchten, waren noch zwei andere zugegen. Sie saßen vorn — vermutlich die Fahrer.

»Mir sind die Ideen ausgegangen«, stöhnte Masklin. »Fällt dir etwas ein, *Ding*?«

»*Mir fallen viele Dinge ein. Meinem Denkvermögen sind praktisch keine Grenzen gesetzt.*«

»Ich meine, kannst du uns dabei helfen, Angalo zu retten?«

»*Ja.*«

»Also los.«

»*Wie Sie wünschen.*«

Einige Sekunden später dröhnte dumpfer Alarm.

Winzige Lampen blinkten. Die Fahrer riefen etwas, beugten sich vor und betätigten Schalter.

»Was ist los?« fragte Masklin.

»*Vielleicht sind die Menschen überrascht, weil sie diese Maschine nicht mehr fliegen*«, erwiderte das *Ding*.

»Sie haben keine Kontrolle mehr darüber? Wer fliegt sie jetzt?«

Lichter glitten über den schwarzen Kasten.

»*Ich.*«

Einer der Frösche fiel vom Ast und verschwand stumm zwischen den Blättern tief unten. Sehr kleine Tiere können weit fallen, ohne sich zu verletzen. Es ist also durchaus möglich, daß der Frosch im Wald unterm Baum überlebte und dort Erfahrungen machte, die auf der Liste aller interessanten Froscherfahrungen an zweiter Stelle stehen.

Die übrigen Frösche setzten den Weg fort.

Masklin half Gurder durch einen metallenen Tunnel voller Leitungen. Oben stapften Menschenfüße über den Boden; muhende Stimmen ertönten und klangen besorgt.

»Ich glaube, die Menschen sind nicht besonders glücklich«, sagte der Abt.

»Aber jetzt haben sie keine Zeit mehr, nach etwas Ausschau zu halten, das wahrscheinlich eine Maus gewesen ist«, erwiderte Masklin.

»Es ist keine Maus, sondern Angalo!«

»Aber nachher werden die Menschen glauben, daß es eine Maus war. Sie wollen nichts von Dingen wissen, die sie beunruhigen.«

»Die meisten Nomen teilen diese Einstellung«, murmelte Gurder.

Masklin sah auf das *Ding* unter seinem Arm.

»Du fährst die Concorde?« vergewisserte er sich. »Im Ernst?«

»*Ja.*«

»Ich dachte, man muß ein Lenkrad drehen und Schalthebel bewegen, um irgend etwas zu fahren«, sagte Masklin.

»*Alles wird von Maschinen erledigt. Die Menschen drücken Tasten und drehen Lenkräder, um Maschinen mitzuteilen, was sie tun sollen.*«

»Und was machst *du* jetzt?«

»*Ich bin der Boß*«, antwortete das *Ding*.

Masklin lauschte dem leisen Donnern der Triebwerke.

»Ist es schwer, hier der Boß zu sein?«

»*Eigentlich nicht. Aber die Menschen mischen sich immer wieder ein.*«

»Dann sollten wir Angalo so schnell wie möglich finden«, sagte Gurder. »Komm.«

Sie krochen durch einen weiteren Kabeltunnel.

»Die Menschen müßten uns eigentlich dankbar sein, weil ihnen unser *Ding* die Arbeit abnimmt«, meinte der Abt.

»Ich fürchte, sie sehen das alles aus einer anderen Perspektive«, entgegnete Masklin.

»*Wir fliegen in einer Höhe von fünfundfünfzigtausend Fuß und mit einer Geschwindigkeit von eintausenddreihundertzweiundfünfzig Meilen in der Stunde*«, sagte das *Ding*.

Als die beiden Nomen nicht darauf reagierten, fügte es hinzu: »*Das ist sehr hoch und sehr schnell.*«

Masklin hielt eine Bemerkung für angebracht. »Gut.«

»*Sehr, sehr schnell.*«

Die Wichte quetschten sich durch eine Lücke zwischen zwei Metallplatten.

»*Schneller als eine Gewehrkugel.*«

»Erstaunlich«, kommentierte Masklin.

»*Doppelt so schnell wie der Schall in dieser Atmosphäre*«, fuhr das *Ding* fort.

»Donnerwetter.«

»*Um es anders auszudrücken ...*« Das *Ding* klang nun

ein wenig verärgert. »*Dieses Flugzeug könnte die Strecke vom Kaufhaus bis zum Steinbruch in weniger als fünfzehn Sekunden zurücklegen.*«

»Ein Glück für uns, daß es uns nicht entgegenkam, als wir mit dem Lastwagen fuhren«, sagte Masklin.

»Hör auf, das *Ding* zu verspotten«, warf Gurder ein. »Es will dir nur zeigen, daß es ein braver Junge ist. Beziehungsweise ein braves *Ding*«, korrigierte er sich rasch.

»*Nein*«, widersprach der schwarze Kasten mit einer für ihn ungewöhnlichen Hast. »*Ich möchte nur darauf hinweisen, daß die Concorde eine Maschine ganz besonderer Art ist, und es erfordert großes Geschick, sie zu fliegen.*«

»Dann solltest du vielleicht weniger reden«, sagte Masklin.

Mehrere Lichter blinkten am *Ding*.

»Das war gemein«, flüsterte Gurder.

»Ein Jahr lang habe ich mich immer so verhalten, wie es das *Ding* von mir verlangte — ohne ein einziges Danke«, entgegnete Masklin. »Übrigens: Wie hoch sind fünfundfünfzigtausend Füße?«

»*Zehn Meilen. Oder sechzehn Kilometer. Zweimal die Entfernung vom Kaufhaus bis zum Steinbruch.*«

Gurder schluckte.

»Oben?« brachte er hervor. »Wir sind so weit *oben*?«

Er starrte auf den Boden.

»Oh«, ächzte er.

»Es ist alles in bester Ordnung«, sagte Masklin. »Fang *du* jetzt nicht auch noch an. Mit Angalo haben wir schon Probleme genug. Warum klammerst du dich so an der Wand fest?«

Gurders Gesicht war kreideweiß.

»Vermutlich sind wir so hoch über dem Boden wie die flaumigen weißen Wolkendinge«, hauchte er.

»*Nein*«, sagte der schwarze Kasten.

»Nein? Das beruhigt mich.«

»*Die Wolken sind tief unter uns.*«

»Oh.«

Masklins Hand schloß sich um den Arm des Abts.

»Angalo, erinnerst du dich?« fragte er.

Gurder nickte langsam, schob sich Zentimeter um Zentimeter nach vorn. Er kniff die Augen zu und hielt sich an diversen Dingen fest.

»Wir dürfen nicht den Kopf verlieren«, mahnte Masklin. »Obgleich wir so weit oben sind.« Er senkte den Blick. Das Metall unter seinen Füßen war fest und massiv. Man brauchte viel Phantasie, um trotzdem bis zum Boden zu sehen.

Das Problem war: Er hatte jede Menge Phantasie.

»Äh«, sagte er. »Komm weiter, Gurder. Gib mir deine Hand.«

»Sie befindet sich direkt vor dir.«

»Entschuldige. Mit geschlossenen Augen konnte ich sie nicht sehen.«

Eine halbe Ewigkeit lang kletterten sie durchs Gewirr aus Kabeln und Leitungen, und schließlich murmelte Gurder: »Es ist sinnlos. Hier gibt es kein Loch, das groß genug wäre, um hindurchzugelangen. Angalo hätte eine solche Öffnung bestimmt nicht übersehen.«

»Dann müssen wir ins Führerhaus zurück und ihn auf eine andere Weise retten«, sagte Masklin.

»Und die Menschen?«

»Sie sind viel zu beschäftigt, um uns zu bemerken. Stimmt's, *Ding*?«

»*Ja.*«

Es existiert ein Ort, der so weit oben ist, daß es überhaupt kein Unten mehr gibt.

Etwas tiefer sauste ein weißer Pfeil über den Rand des Himmels, schneller als die Nacht. Er holte die Sonne ein, überquerte in wenigen Stunden einen Ozean, an dem einst die Welt endete ...

Masklin ließ sich vorsichtig auf den Boden hinab und kroch nach vorn. Zum Glück sahen die Menschen nicht in seine Richtung.

Ich hoffe, das Ding *weiß, wie man dieses Flugzeug fährt,* dachte er. *Oder fliegt.*

Er schlich zu der Schalttafel, hinter der sich Angalo verbarg.

Profundes Unbehagen erfaßte ihn: Er verabscheute es, sich so offen zu zeigen. Nun, damals war es noch viel schlimmer gewesen, als er allein auf die Jagd ging. Er hatte ständig damit rechnen müssen, von etwas erwischt zu werden, erst zwischen irgendwelchen Zähnen zu landen und dann in einem Magen. Wenn es Menschen gelang, einen Nom zu fangen ... Niemand wußte, was sie mit ihm anstellten.

Er sprang in einen sehr willkommenen Schatten.

»Angalo!« zischte er.

Nach einer Weile flüsterte es hinter den Kabelsträngen: »Wer ist da?«

Masklin richtete sich auf. »Wie oft möchtest du raten?« fragte er mit normaler Stimme.

Angalo verließ sein Versteck. »Sie haben mich gejagt!« klagte er. »Die Menschen! Und einer von ihnen streckte die Hand nach mir aus ...«

»Ich weiß. Komm jetzt. Verschwinden wir von hier, solange sie abgelenkt sind.«

»Was ist los?« fragte Angalo, als sie ins Licht eilten.

»Das *Ding* fliegt die Concorde.«

»Wie denn? Es hat doch keine Arme. Es kann gar keinen anderen Gang einlegen oder so ...«

»Das erledigen die Computer. Und das *Ding* erteilt ihnen Anweisungen. *Komm* jetzt.«

»Ich habe aus dem Fenster gesehen«, platzte es aus Angalo heraus. »Draußen ist überall Himmel!«

»Erinnere mich nicht daran«, erwiderte Masklin.

»Gestatte mir noch einen letzten Blick«, flehte Angalo. »Nur einen!«

»Gurder wartet auf uns, und wir sollten vermeiden, uns noch mehr Schwierigkeiten einzuhandeln.«

»Aber dieses Flugzeug ist besser als jeder Lastwagen ...«

Irgendwo erklang eine Art ersticktes Schnaufen.

Die Nomen sahen auf.

Einer der Menschen beobachtete sie. Sein Mund stand weit offen, und der Gesichtsausdruck deutete darauf hin, daß es ihm sehr schwer fallen würde zu erklären, was er gerade gesehen hatte — zunächst mußte er sich selbst davon überzeugen.

Der Mensch stand auf.

Angalo und Masklin wechselten einen Blick.

»Lauf!« riefen sie beide gleichzeitig.

Gurder wartete im Halbdunkel neben der Tür, als die beiden anderen Nomen vorbeistürmten — ihre Beine stampften wie Kolben. Er hob den Saum seines Umhangs und folgte ihnen.

»Was ist geschehen? Was ist geschehen?«

»Ein Mensch verfolgt uns!«

»Laßt mich nicht zurück! Laßt mich nicht zurück!«

Masklin gewann einen kleinen Vorsprung, als sie durch den Mittelgang rannten, zwischen den Reihen aus Menschen, die den drei dahinhuschenden Schemen keine Beachtung schenkten.

»Wir hätten nicht ... herumstehen und ... gaffen sollen!« keuchte Masklin.

»Vielleicht bekommen wir ... nie wieder eine ... Gelegenheit dazu!« japste Angalo.

»Da hast du vollkommen *recht!*«

Der Boden neigte sich.

»Was hat das zu bedeuten, *Ding?*«

»Ich lenke die Menschen noch etwas mehr ab.«

»Nein! Hier entlang!«

Masklin flitzte zwischen zwei Sessel, wich riesigen Schuhen aus und warf sich flach auf den Teppich. Die anderen beiden Wichte folgten seinem Beispiel.

Nur wenige Zentimeter trennten sie von zwei gewaltigen Menschenfüßen.

Masklin hob das *Ding* dicht vor den Mund.

»Gib den Menschen das Flugzeug zurück!« raunte er.

»*Ich hatte gehofft, daß Sie mir erlauben, es zu landen*«, sagte das *Ding*. Zwar blieb die Stimme des schwarzen Kastens immer monoton, aber Masklin glaubte trotzdem, so etwas wie Wehmut zu hören.

»Weißt du, wie man eine Concorde landet?« fragte er.

»*Nein. Aber ich könnte es lernen ...*«

»Gib den Menschen das Flugzeug zurück«, wiederholte Masklin. »Jetzt *sofort!*«

Ein leichter Ruck, dann eine Veränderung im Muster der Lichter am *Ding*. Masklin atmete erleichtert auf.

»So, und wenn nun alle vernünftig sein könnten, wenigstens für ein paar Minuten ...«

»Entschuldige bitte«, sagte Angalo. Er trachtete vergeblich danach, zerknirscht zu wirken. Masklin sah das Glitzern in seinen Augen, das verträumte Lächeln eines Noms, der sich in unmittelbarer Nähe seines ganz persönlichen Paradieses wußte. »Ich konnte der Versuchung einfach nicht widerstehen. Selbst *unter* uns ist alles blau! Es scheint überhaupt keinen Boden mehr zu geben! Und ...«

Masklin musterte ihn mit nachdenklichem Ernst. »Wir könnten herausfinden, ob dieser Eindruck täuscht. Indem wir das *Ding* auffordern, die Concorde auch weiterhin zu fliegen.« Er seufzte. »Ich schlage vor, wir bleiben hier ruhig sitzen, einverstanden?«

Eine Zeitlang hockten sie still unterm Sessel.

»Dieser Mensch hat ein Loch in seiner Socke«, sagte Gurder schließlich.

»Na und?« fragte Angalo.

»Oh, ich weiß nicht. Ich hätte nie gedacht, daß auch Menschen Löcher in ihren Socken haben.«

»Wenn man eine Socke findet, braucht man nicht lange nach einem Loch zu suchen«, meinte Masklin.

»Es sind gute Socken«, fügte Angalo hinzu.

Masklin betrachtete sie. Für ihn sahen sie wie ganz normale Socken aus. Die Nomen im Kaufhaus hatten sie als Schlafsäcke benutzt.

»Woher willst du denn das wissen?« erkundigte er sich.

»Sie sind absolut Geruchsneutral«, sagte Angalo. »Bestehen zu garantiert fünfundachtzig Prozent aus Polyputheketlon. Sie wurden im Kaufhaus angeboten. Kosten viel mehr als andere Socken. Siehst du das Etikett?«

Gurder holte tief Luft und ließ den Atem langsam entweichen.

»Es war ein gutes Kaufhaus«, sagte er.

»Und die Schuhe«, fuhr Angalo fort. Er deutete zu den großen weißen Gebilden, die wie auf den Strand gezogene Boote in der Nähe lagen. »Seht ihr sie? Äußerst Strapazierfähig Und Mit Echter Gummisohle Ausgestattet. Sehr teuer.«

»Hab nie viel davon gehalten«, brummte Gurder. »Zu auffällig. Ich ziehe ›Herrenschuhe, braun, mit Schnürsenkeln‹ vor. Darin konnte man gut schlafen.«

»Die Schuhe mit den Gummisohlen...«, sagte Masklin langsam. »Es gab sie auch im Kaufhaus, nicht wahr?«

»Ja. Manchmal gehörten sie zu den Sonderangeboten.«

»Hmm.«

Masklin stand auf und schritt zu der großen, halb unter den Sessel geklemmten Ledertasche. Die beiden anderen Nomen beobachteten, wie er daran emporkletterte, bis er kurz über die Armlehne sehen konnte. Dann kehrte er zurück.

»Na so was«, sagte er verdächtig fröhlich. »Eine Tasche aus dem Kaufhaus, nicht wahr?«

Gurder und Angalo maßen sie mit einem kritischen Blick.

»Ich habe nie viel Zeit in der Abteilung Reiseartikel verbracht«, erwiderte Angalo. »Aber da du es schon erwähnst ... Es könnte eine ›besondere Reisetasche aus Kalbsleder‹ sein.«

»Für den ›anspruchsvollen Manager‹?« Gurder zögerte. »Ja, das wäre möglich.«

»Habt ihr darüber nachgedacht, wie wir das Flugzeug verlassen sollen?« fragte Masklin.

»So wie wir eingestiegen sind, nur umgekehrt?« spekulierte Angalo, der daran noch keinen Gedanken vergeudet hatte.

»Das dürfte schwierig werden«, entgegnete Masklin. »Wegen der Menschen. Vielleicht suchen sie nach uns. Obwohl sie glauben, daß wir nur Mäuse sind. An ihrer Stelle würde ich nicht zulassen, daß sich Mäuse in diesem Flugzeug herumtreiben. Stellt euch vor, was passiert, wenn Mäuse hier auf elektrische Leitungen pinkeln. Wenn man sechzehn Kilometer hoch fliegt und Mäuse im Innern eines Computers auf die Toilette gehen ... Bestimmt ergäben sich dadurch gewisse Probleme. Die Menschen nehmen das sicher sehr ernst. Und deshalb müssen wir das Flugzeug verlassen, wenn die Passagiere von Bord gehen.«

»Aber die vielen Füße ...« Angalo schauderte. »Ich möchte nicht zertrampelt werden.«

»Nun, ich dachte, wir könnten, äh, in die, äh, Tasche dort schlüpfen«, sagte Masklin.

»Lächerlich!« entfuhr es Gurder.

Masklin atmete tief durch.

»Sie gehört Enkel Richard«, verkündete er.

»Ich hab's überprüft«, betonte er und beobachtete die Mienen seiner Gefährten. »Ich habe ihn schon einmal gesehen, und er sitzt im Sessel über uns. Enkel Richard, 39. Direkt über uns. Liest eine Zeitung. Da oben. Er ist es, kein Zweifel.«

Gurder lief rot an und zielte mit dem Zeigefinger auf Masklin. »Willst du etwa behaupten, daß Richard Arnold, Enkel von Arnold Bros (gegr. 1905), *Löcher* in seinen *Socken* hat?«

»Dadurch werden es heilige Socken«, warf Angalo ein. »Entschuldigung. Ich wollte nur ein wenig humorvoll sein. Um die Stimmung zu verbessern. Du brauchst mich nicht gleich so anzustarren.«

»Kletter auf die Tasche und überzeug dich selbst«, schlug Masklin vor. »Ich helfe dir dabei. Aber sei vorsichtig.«

Sie hoben Gurder hoch.

Kurze Zeit später rutschte er stumm übers Kalbsleder nach unten.

»Nun?« drängte Angalo.

»Auf der Tasche steht ›R.A.‹, in goldenen Buchstaben«, meinte Masklin.

Er sah zu Angalo und winkte mehrmals. Gurder war so bleich, als sei er gerade einem Geist begegnet.

»Oh, ja, goldene Buchstaben«, stieß Angalo hastig hervor. »›Goldenes Monogramm für nur fünf neunundneunzig‹, hieß es auf einem Schild.«

»*Sprich* mit uns, Gurder«, bat Masklin. »Sitz nicht einfach so da.«

»Dies ist ein sehr ernster und feierlicher Augenblick für mich«, raunte Gurder.

»Wenn wir einen Teil der Naht aufschneiden, könnten wir von unten hineinkriechen«, sagte Masklin.

»Ich bin nicht würdig«, hauchte Gurder.

»Wahrscheinlich nicht«, erwiderte Angalo fröhlich. »Aber das verraten wir niemandem.«

»Und Enkel Richard wird uns helfen«, fügte Masklin hinzu. Er hoffte, daß sich Gurder genug Vernunft bewahrt hatte, um ihn zu verstehen. »Er weiß nichts davon, doch er hilft uns trotzdem. Also ist alles in Ordnung. Bestimmt steckt so was wie Vorsehung dahinter.«

Eine allgemeine *Vorsehung,* dachte er. *Eine Vorsehung, die niemand* beschlossen *hat. Wenn man von uns selbst absieht.*

Gurder überlegte.

»Na schön«, sagte er. »Aber es ist nicht nötig, ein Loch in die Tasche zu schneiden. Es genügt, den Reißverschluß aufzuziehen.«

Sie verloren keine Zeit. Der Reißverschluß klemmte — *alle* Reißverschlüsse klemmen; das gehört einfach dazu —, aber er ließ sich weit genug aufziehen, um es den Nomen zu ermöglichen, in die Reisetasche zu klettern.

»Und was machen wir, wenn Enkel, 39, sie öffnet und hineinsieht?« fragte Angalo.

»Nichts«, antwortete Masklin. »Dann lächeln wir freundlich.«

Die drei Frösche befanden sich jetzt weit draußen auf dem Ast. Zunächst hatten sie nur eine glatte Fläche aus graugrünem Holz gesehen, doch nun erwies sich die neue Umgebung als ein Durcheinander aus rauher Borke, Wurzeln und Moosfladen — ein Kosmos des Schreckens für Frösche, die ihr ganzes Leben in einer Welt mit Blütenblättern am Rand verbracht hatten.

Trotzdem krochen sie weiter. Die Bedeutung des Wortes ›Rückzug‹ war ihnen völlig unbekannt. Ebenso wie die aller anderen Wörter.

❖ **4** ❖

> HOTEL: Ein Ort, wo REISENDE MENSCHEN des Nachts parken. Andere Menschen bringen ihnen zu essen, darunter das berühmte SANDWICH mit SCHINKEN, SALAT und TOMATE. In HOTELS gibt es Betten, Handtücher und spezielle Dinge, aus denen es auf Leute herabregnet, damit sie sauber werden.
>
> Aus: *Eine wissenschaftliche Enzyklopädie für den wißbegierigen jungen Nom* von Angalo Kurzwarenler

Finsternis.

»Es ist ziemlich dunkel hier drin, Masklin.«

»Ja. Und unbequem.«

»Nun, damit müssen wir uns abfinden.«

»Eine Haarbürste! Ich habe mich gerade auf eine Haarbürste gesetzt!«

»*Wir landen bald.*«

»Gut.«

»Und hier ist eine komische Tube...«

»Gibt es etwas zu essen? Ich bin hungrig.«

»Ich habe noch immer die Erdnuß.«

»Wo? Wo?«

»Jetzt ist sie mir aus der Hand gefallen. Und daran bist du schuld.«

»Gurder?«

»Ja?«

»Was *machst* du da? Zerschneidest du etwas?«

»Er schneidet sich ein Loch in die Socke.«

Stille.

»Na und? Was dagegen? Ich kann mir jederzeit ein

Loch in die Socke schneiden, wenn ich will. Immerhin ist es *meine* Socke.«

Mehr Stille.

»Ich fühle mich dadurch besser.«

Und noch mehr Stille.

»Enkel, 39, ist ein Mensch, Gurder. Ein ganz normaler Mensch.«

»Wir sind in seiner Reisetasche, oder?«

»Ja, aber du hast selbst gesagt, daß wir Arnold Bros im Kopf mit uns herumtragen, nicht wahr?«

»Ja.«

»Nun?«

»Mit dem Loch in der Socke fühle ich mich einfach besser, das ist alles. Punkt. Basta.«

»*Wir landen.*«

»Woher wissen wir, wann ...«

»*Ich hätte bestimmt eine bessere Landung bewerkstelligen können. Früher oder später.*«

»Sind wir jetzt in Florida? Angalo, nimm den Fuß aus meinem Gesicht.«

»*Ja. Dieses Land heißt Einwanderer willkommen. Das ist hier Tradition.*«

»Und wir sind Einwanderer?«

»*Nun, wenn man es genau nimmt, sind Sie auf der Durchreise.*«

»Auf der Durchreise wohin?«

»*Zu den Sternen.*«

»Oh. *Ding?*«

»*Ja?*«

»Weißt du von anderen Nomen, die diesen Ort schon einmal besucht haben?«

»Was soll das heißen? *Wir* sind die Nomen. Es gibt keine anderen.«

»Vielleicht doch.«

»Was für ein Unsinn. Die Nomheit besteht nur aus uns. Ich meine, aus uns und den Wichten im Steinbruch. Das stimmt doch, oder?«

Bunte Lichter blinkten in der Dunkelheit.

»*Ding?*« fragte Masklin.

»*Ich habe gerade die zur Verfügung stehenden Daten geprüft. Schlußfolgerung: Es fehlen zuverlässige Hinweise darauf, daß hier jemals Nomen gesehen wurden. Alle bisherigen Einwanderer waren mehr als zehn Zentimeter groß.*«

»Oh. Nun, ich dachte nur... Ich habe mich gefragt, ob wir die einzigen Wichte auf der Welt sind.«

»Du hast das *Ding* gehört. Keine zuverlässigen Hinweise.«

»Den Menschen mangelt es auch an zuverlässigen Hinweisen auf *uns*.«

»Was geschieht jetzt, *Ding*?«

»*Uns stehen Paß- und Zollkontrolle bevor. Gehören Sie einer subversiven Organisation an oder sind Sie jemals Mitglied einer solchen Organisation gewesen?*«

Stille.

»Was, wir? Warum fragst du uns das?«

»*Solche Fragen müssen die Einreisenden beantworten. Ich analysiere die Kommunikationssignale.*«

»Oh. Nun, ich glaube nicht, daß wir Mitglieder einer derartigen Organisation sind, oder?«

»Nein.«

»Nein.«

»Nein. Wir sind es auch nie gewesen. Übrigens: Was bedeutet ›subversiv‹?«

»*Mit der Frage soll festgestellt werden, ob jemand mit der Absicht kommt, die Regierung der Vereinigten Staaten zu stürzen.*«

»Ich glaube, das wollen wir nicht. Oder?«

»Nein.«

»Nein.«

»Nein, so etwas liegt uns fern. Die Regierung braucht keine Angst vor uns zu haben.«

»Ziemlich schlau.«

»Was?«

»Den hier eintreffenden Leuten solche Fragen zu

stellen. Wenn tatsächlich jemand kommt, um subversiv die Regierung zu stürzen ... Die Leute würden ihn sofort fertigmachen, sobald er ›ja‹ antwortet.«

»Ein raffinierter Trick«, sagte Angalo in einem bewundernden Tonfall.

»Nein, wir wollen nichts stürzen«, wandte sich Masklin ans *Ding*. »Wir möchten eins der Flugzeuge stehlen, die geradewegs nach oben fliegen. Ich habe vergessen, wie sie heißen ...«

»*Space Shuttles oder Raumfähren.*«

»Ja, genau. Und dann verschwinden wir. Niemand von uns beabsichtigt, jemandem namens Regierung Probleme zu bereiten.«

Die Tasche stieß an verschiedene Dinge und wurde abgesetzt.

Etwas kratzte leise, wie eine Säge, doch niemand hörte es im Lärm des Flughafengebäudes. Ein kleines Loch erschien im Kalbsleder.

»Was macht er jetzt?« fragte Gurder.

»Drängel nicht so«, sagte Masklin. »Ich kann mich nicht konzentrieren. Nun ... Offenbar befinden wir uns in einer langen Schlange aus Menschen.«

»Wir warten schon seit einer *Ewigkeit*«, murrte Angalo.

»Wahrscheinlich werden jetzt alle gefragt, ob sie irgend etwas stürzen wollen«, vermutete Gurder weise.

»Ich bringe dieses Thema nicht gern zur Sprache ...«, begann Angalo. »Aber wie sollen wir das Shuttle finden?«

»Darum kümmern wir uns, sobald es soweit ist«, erwiderte Masklin unsicher.

»Jetzt ist es soweit, oder?« fragte Angalo.

Masklin zuckte hilflos mit den Schultern.

»Hast du etwa geglaubt, daß überall in Florida Schilder stehen mit der Aufschrift ›Zum All‹?« fügte Angalo sarkastisch hinzu.

Masklin hoffte, daß sein Gesicht nichts von den Gedanken verriet, die ihm durch den Kopf gingen. »Natürlich nicht«, behauptete er.

»Nun, was sollen wir jetzt unternehmen?« beharrte Angalo.

»Wir ... wir ... wir fragen das *Ding*«, sagte Masklin erleichtert. »Ja, genau. *Ding?*«

»*Ja?*«

»Äh ...« Masklin suchte nach den richtigen Worten. »Was sollen wir jetzt unternehmen?«

»Das nenne ich gute Planung«, spottete Angalo.

Die Reisetasche bewegte sich. Enkel Richard, 39, trat in der Schlange nach vorn.

»Ding? Ich habe dich gefragt: Was sollen wir jetzt unterneh ...«

»*Nichts.*«

»Wie können wir *nichts* unternehmen?«

»*Durch Abwesenheit von Aktivität.*«

»Was hat das für einen Sinn?«

»*In der Zeitung stand, daß Richard Arnold nach Florida fliegt, um den Start des Kommunikationssatelliten zu beobachten. Woraus folgt: Er wird nun jenen Ort aufsuchen, wo der Start stattfindet. Ergo: Wir begleiten ihn.*«

»Wer ist Ergo?« fragte Gurder und sah sich um.

Am *Ding* flackerten einige Lichter.

»*Das Wort bedeutet ›deshalb‹*«, sagte es.

Masklin blickte skeptisch auf den schwarzen Kasten hinab. »Glaubst du, er nimmt die Reisetasche mit?«

»*Das weiß ich nicht.*«

Die Tasche enthielt nicht viel, mußte Masklin zugeben. Hauptsächlich Socken, Zeitungen und einige andere Dinge, darunter Haarbürsten und ein Buch mit dem Titel *Der Spion ohne Hosen*. Jener Gegenstand hatte die Nomen beunruhigt, als der Reißverschluß kurz nach der Landung aufgezogen wurde; doch Enkel Richard legte das Buch nur zu den Zeitungen, ohne einen Blick in die Tasche zu werfen. Angalo versuchte nun, es zu lesen — es fiel genug Licht durchs Loch. Ab und zu brummte er leise vor sich hin.

»Ich bezweifle, ob sich Enkel Richard von hier aus sofort zum Startplatz des Satelliten begibt«, sagte Masklin nach einer Weile. »Vielleicht sucht er vorher einen anderen Ort auf, um zu schlafen. Weißt du, wann das Shuttle zum Himmel fliegt, *Ding?*«

»Nein. Ich kann nur dann mit anderen Computern sprechen, wenn sie in meiner Reichweite sind. Die Informationen der hiesigen Computer betreffen allein Angelegenheiten des Flughafens.«

»Wie dem auch sei: Enkel Richard muß bald schlafen — Menschen schlafen fast die ganze Nacht über. Und das gibt uns Gelegenheit, die Reisetasche zu verlassen.«

»Und dann sprechen wir mit ihm«, sagte Gurder.

Die anderen starrten ihn an.

»Deshalb sind wir doch hier, oder?« fragte der Abt. »Um ihn zu bitten, die Menschen vom Steinbruch fernzuhalten.«

»Aber er ist doch *selbst* nur ein Mensch!« erwiderte Angalo scharf. »Inzwischen müßte das auch dir klar sein! Er wird uns nicht helfen! Warum *sollte* er uns überhaupt helfen? Er ist nur ein Mensch, dessen Vorfahren ein Kaufhaus gebaut haben! Warum glaubst du auch weiterhin, er sei eine Art großer Nom im Himmel?«

»Weil es nichts anderes gibt, an das ich glauben könnte!« rief Gurder. »Und wenn du nicht an Enkel Richard glaubst — wieso hockst du dann in seiner Reisetasche?«

»Es ist nur ein Zufall, weiter ni...«

»Das sagst du *immer!* Für dich ist alles nur ein Zufall!«

Die Tasche bewegte sich. Gurder und Angalo verloren das Gleichgewicht, fielen übereinander.

»Wir bewegen uns«, stellte Masklin fest. Er spähte durchs Loch, dankbar für — fast — alles, das den Zank beendete. »Wir gehen über den Boden. Da vorn sind viele Menschen. Ich meine, wirklich *viele*.«

»Überall wimmelt's von ihnen«, seufzte Gurder.

»Einige von ihnen halten Schilder mit Namen.«

»Typisch für sie«, fügte Gurder hinzu.

Die Nomen waren an Menschen mit Schildern gewöhnt. Einige der Menschen im Kaufhaus hatten ihre Namen dauernd mit sich herumgetragen, und sie klangen seltsam: ›Mrs. J. E. Williams Abteilungsleiterin‹ und ›Hallo, ich bin Tracey‹. Niemand wußte, warum Menschen Namensschilder benutzten. Vielleicht vergaßen sie sonst, wie sie hießen.

»Wartet mal«, sagte Masklin. »Irgend etwas geht nicht mit rechten Dingen zu. Dort hält jemand ein Schild, auf dem ›Richard Arnold‹ steht. Wir gehen auf den Menschen zu! Wir sprechen mit ihm!«

Das dumpfe Grollen einer menschlichen Stimme erklang, und für die Nomen hörte es sich an wie das Donnern eines Gewitters.

Huum-wuum-buum?

Fuum-huum-zuum-buum.

Huum-zuum-*buum*-fuum?

Buum!

»Verstehst du es, *Ding*?« fragte Masklin.

»Ja. Der Mann mit dem Schild ist hier, um unseren Menschen zu einem Hotel zu bringen — ein Ort wo Menschen schlafen und essen. Was die restlichen Bemerkungen betrifft ... Damit versichern sich Menschen gegenseitig, daß sie noch leben.«

»Wie meinst du das?« erkundigte sich Masklin.

»Sie sagen zum Beispiel: ›Wie geht es Ihnen?‹ und ›Ich wünsche Ihnen einen angenehmen Tag‹ und ›Gefällt Ihnen das Wetter?‹ Solche Geräusche bedeuten: Ich lebe, und du ebenfalls.«

»Ja, aber Nomen benutzen ähnliche Redewendungen, *Ding*. Wenn sie höflich und freundlich sein wollen. Vielleicht solltest du dir ein Beispiel daran nehmen.«

Die Reisetasche schwang zur Seite und stieß gegen etwas. Die Wichte im Innern hielten sich fest, Angalo nur mit einer Hand — die andere verharrte am Buch und markierte jene Stelle, die er eben gerade gelesen hatte.

»Ich habe wieder Hunger«, ließ sich Gurder vernehmen. »Gibt es hier überhaupt nichts zu essen?«

»Die Tube enthält etwas Zahnpasta.«

»Nein, danke. Ich glaube, auf die Zahnpasta verzichte ich besser.«

Etwas brummte, und Angalo sah auf. »*Dieses* Geräusch kenne ich«, sagte er. »Es stammt von einem sogenannten Verbrennungsmotor. Wir sind jetzt in einem Fahrzeug.«

»*Schon wieder?*« fragte Gurder.

»Wir steigen so bald wie möglich aus«, erwiderte Masklin.

Der Abt sah zum schwarzen Kasten. »Um was für einen Lastwagen handelt es sich, *Ding?*«

»*Um einen Helikopter.*«

»Er ist ziemlich laut«, murmelte Gurder, der dieses Wort jetzt zum erstenmal hörte.

»Ein Flugzeug ohne Flügel«, erklärte Angalo.

Gurder dachte einige Sekunden lang erschrocken darüber nach.

»*Ding?*« fragte er leise.

»*Ja?*«

»Was hält den Helikopter denn in der L ...«, begann er.

»*Wissenschaft.*«

»Oh. Wissenschaft? Gut. Dann ist ja alles in Ordnung.«

Das Brummen brummte ziemlich lange. Nach einer Weile wurde es für die Nomen zu einem Teil ihrer Welt, und als es schließlich verklang, kam die plötzliche Stille einem Schock gleich.

Die Wichte lagen unten in der Reisetasche und waren viel zu besorgt, um miteinander zu sprechen. Sie spürten, wie die Tasche getragen, abgestellt, wieder angehoben und erneut getragen wurde. Dieser Vorgang wiederholte sich mehrmals, bis jemand sie auf etwas Weiches warf.

Herrliche Reglosigkeit folgte.

Schließlich räusperte sich Gurder. »Na schön. Welchen *Geschmack* hat die Zahnpasta?«

Masklin fand das *Ding* in einem Haufen aus Büroklammern, Staub und zerknülltem Papier.

»Hast du irgendeine Ahnung, wo wir sind?« fragte er es.

»*Zimmer 103, Cocoa Beach New Horizons Hotel*«, antwortete der schwarze Kasten. »*Ich analysiere Kommunikationssignale.*«

Gurder schob sich an Masklin vorbei. »Ich muß raus«, ächzte er. »Ich halte es hier drin einfach nicht mehr aus. Hilf mir, Angalo. Vielleicht kann ich den oberen Teil der Tasche erreichen ...«

Der Reißverschluß knisterte und knackte. Licht strömte herein, als sich die Reisetasche öffnete. Die Nomen versuchten, sich irgendwo zu verbergen.

Masklin beobachtete eine riesige Hand, die nach einer kleineren Tasche griff — sie enthielt die Tube mit der Zahnpasta sowie einen Lappen — und sie hinauszog.

Die Wichte rührten sich nicht von der Stelle.

Kurze Zeit später rauschte irgendwo Wasser.

Die Nomen wagten noch immer nicht, sich zu bewegen.

Buum-buum fuum zuum-huum-huum, schuum zuum huuuu ...

Die Stimme des Menschen übertönte das Plätschern, war jetzt noch lauter als sonst.

»Es hört sich fast so an, als ... singt der Mensch«, flüsterte Angalo.

... Huum ... huum-buum-buum huum ... zuum-huum-buum HOOOuuuOOOmmm Buum.

»Was passiert jetzt, *Ding*?« zischte Masklin.

»*Der Mensch befindet sich in einem anderen Zimmer und läßt Wasser auf sich herabregnen.*«

»Warum?«

»*Vielleicht möchte er sauber sein.*«

»Können wir es riskieren, die Reisetasche zu verlassen? Oder droht nach wie vor Gefahr?«

»*Es kommt ganz darauf an, was Sie als gefährlich erachten.*«

Masklin überlegte. »Nun, Gefahren sind gefährlich.«

»*Ich meine folgendes: Es gibt keine absolute Sicherheit. Aber was den Menschen angeht ... Ich glaube, er wird noch eine Zeitlang damit beschäftigt sein, sich zu waschen.*«

»Ja«, bestätigte Angalo. »Er muß eine Menge Mensch reinigen. Kommt.«

Die Tasche lag auf einem Bett, und es war nicht weiter schwer, an den Laken herabzuklettern.

... Huum-huum buuUUUM buum ...

Die Nomen standen auf dem Boden.

»Und jetzt?« fragte Angalo.

»Ich schlage vor, wir essen etwas«, sagte Gurder.

Masklin schritt über den dicken Teppich. In der nahen Wand sah er eine große Glastür, und sie stand einen Spaltbreit offen. Warme Luft wehte herein, trug die Geräusche der Nacht mit sich.

Ein Mensch hätte das Zirpen und Summen von Grillen und anderen kleinen, geheimnisvollen Geschöpfen gehört, deren Rolle im Leben darin besteht, des Nachts im Gebüsch zu hocken und Geräusche von sich zu geben, die von viel größeren Wesen zu stammen scheinen. Aber Nomen hören alles in einer Art akustischen Zeitlupe, viel dumpfer und in die Länge gezogen, wie bei einem Plattenspieler unmittelbar nach dem Stromausfall. Für sie bot die Dunkelheit das dumpfe Pochen und Knurren der Wildnis.

Gurder gesellte sich Masklin hinzu und starrte beunruhigt in die Schwärze.

»Könntest du nach draußen gehen und feststellen, ob es dort etwas zu essen gibt?« fragte er.

»Ich habe da so ein komisches Gefühl«, entgegnete Masklin. »Wenn ich jetzt nach draußen gehe, dann *gibt* es dort etwas zu essen — *mich*.«

Hinter ihnen sang der Mensch.

... Buum-huum-huum — BOOOuuuMMM womp womp ...

»Was singt der Mensch, *Ding*?« wandte sich Masklin an den schwarzen Kasten.

»Es ist schwer zu verstehen. Offenbar möchte der Sänger dem Rest der Welt mitteilen, daß er etwas auf seine eigene Art und Weise bewerkstelligt hat.«

»Was denn?«

»Ich bin noch nicht in der Lage gewesen, genug Daten zu sammeln, um diese Frage mit angemessener Genauigkeit zu beantworten. Was auch immer bewerkstelligt worden ist: Der Mensch hat es a) bei jedem Schritt auf der Straße des Lebens geschafft, ohne b) jemals zu zögern ...«

Es klopfte an der Tür, und der Gesang verstummte. Von einem Augenblick zum anderen plätscherte kein Wasser mehr. Die Wichte nahmen diesen Umstand zum Anlaß, zu den nächsten Schatten zu rennen.

»Klingt gefährlich«, flüsterte Angalo. »Auf der Straße zu gehen. ›Bei jedem Schritt auf dem Bürgersteig des Lebens‹ — das wäre sicherer, oder?«

Enkel Richard kam aus der Dusche, mit einem um die Hüften geschlungenen Handtuch. Er öffnete die Tür. Ein anderer, vollständig bekleideter Mensch, trug ein Tablett ins Zimmer. Kurzes Blöken und Muhen folgte; dann stellte der angezogene Mensch das Tablett ab und verließ den Raum. Enkel Richard verschwand erneut in der Kammer, von deren Decke es herabregnete.

... Buh-buh buh-buh huum hoUUUmm ...

»Essen!« hauchte Gurder. »Ich rieche es! Es liegt Nahrung auf dem Tablett!«

»*Ein Sandwich mit Schinken, Salat, Tomatenscheiben und Krautsalat*«, sagte das *Ding*. »*Und Kaffee.*«

»Woher weißt du das?« fragten die drei Nomen wie aus einem Mund.

»*Der Mensch hat es bestellt, bevor er dieses Zimmer aufsuchte.*«

»Krautsalat!« stöhnte Gurder. Er wirkte wie in Ekstase. »Schinken! *Kaffee!*«

Masklin starrte nach oben. Der andere Mensch hatte das Tablett am Rand des Tisches abgesetzt.

Eine Lampe stand in der Nähe, und aufgrund seiner Erfahrungen im Kaufhaus wußte Masklin: Wo sich eine Lampe befand, gab es auch ein Kabel.

Und das Kabel, an dem er nicht emporklettern konnte, mußte erst noch erfunden werden.

Regelmäßige Mahlzeiten ... Masklin hatte nie Gelegenheit bekommen, sich an dieses Phänomen zu gewöhnen. Im Draußen, vor der Zeit im Kaufhaus, war es ganz normal für ihn gewesen, tagelang ohne Nahrung auszukommen. Und *wenn* er dann etwas fand, das sich von einem nomischen Magen verdauen ließ, stopfte er sich bis zu den Augenbrauen voll. Doch die Kaufhaus-Wichte hatten es sich zur Angewohnheit gemacht, in einer Stunde gleich mehrmals zu essen. Eigentlich aßen sie die ganze Zeit über. Und sie klagten und jammerten, wenn sie auch nur ein halbes Dutzend Mahlzeiten versäumten.

»Ich glaube, ich könnte das Tablett erreichen«, sagte Masklin.

»Ja, ja«, erwiderte Gurder begeistert.

»Aber ist es richtig, Enkel Richards Sandwich zu verspeisen?«

Gurder zögerte und blinzelte.

»Eine wichtige theologische Frage«, murmelte er. »Aber ich bin zu hungrig, um darüber nachzudenken, und deshalb schlage ich vor, daß wir uns zuerst den Bauch füllen. Wenn es tatsächlich falsch ist, Enkel Richards Sandwich zu essen ... Dann verspreche ich, große Reue zu empfinden.«

... Buum-huum whop whop, fuum huum ...

»*Der Mensch singt vom nahen Ende und einem Vorhang*«, übersetzte das *Ding*. »*Vielleicht meint er damit den Vorhang der Dusche.*«

Masklin kletterte am Kabel hoch, zog sich auf den Tisch und stellte voller Unbehagen fest, daß es hier keine Versteckmöglichkeiten gab.

Allem Anschein nach hatten die Floridianer besondere Vorstellungen in Hinsicht auf Sandwiches. Solche Spezialitäten waren auch im Speisesaal des Kaufhauses angeboten worden: zwei dünne Scheiben Brot und *etwas* dazwischen. Doch floridianische Sandwiches füllten ein ganzes Tablett, und wenn auch Brot dazugehörte, so verbarg es sich tief in einem Dschungel aus Kresse und Salat.

Er sah nach unten.

»Beeil dich!« zischte Angalo. »Es rauscht kein Wasser mehr!«

... Buum-huum huum whop huum whop ...

Masklin schob etwas Grünes beiseite, ergriff das Sandwich, zerrte es zum Rand des Tabletts und drückte, bis es fiel.

... fuum huum huum HOOOOuuuuOOOOmmmmm-WHOP.

Die Tür der Regenkammer öffnete sich.

»*Schnell!*« rief Angalo. »*Schnell!*«

Enkel Richard kam herein, und nach einigen Schritten blieb er abrupt stehen.

Er starrte auf Masklin herab.

Masklin blickte zu ihm auf.

Manchmal legt die Zeit eine Pause ein.

Masklin begriff, daß er jetzt an einer jener Stellen

stand, wo die Geschichte tief Luft holt und entscheidet, was demnächst geschehen soll.

Ich könnte einfach hierbleiben, dachte er. *Ich könnte das Ding benutzen, um zu übersetzen. Ich könnte versuchen, dem Menschen alles zu erklären. Ich könnte ihm sagen, wie wichtig es für uns ist, eine eigene Heimat zu haben. Ich könnte ihn fragen, ob er imstande ist, den Nomen im Steinbruch zu helfen. Ich könnte ihn darauf hinweisen, daß die Kaufhaus-Wichte glaubten, sein Großvater hätte die Welt erschaffen. Das würde ihm bestimmt gefallen. Er sieht recht nett aus, für einen Menschen.*

Vielleicht bietet er uns seine Hilfe an.

Oder er sperrt uns irgendwo ein und ruft andere Menschen, und dann kommen sie alle und muhen, und dann stecken sie uns in einen Käfig oder so. Wie die Fahrer der Concorde: Wahrscheinlich wollten sie uns gar kein Leid zufügen, aber sie wußten einfach nicht, wer wir sind. Und wir dürfen ihnen keine Gelegenheit geben, es herauszufinden — dazu fehlt uns die Zeit.

Es ist ihre Welt, nicht unsere.

Und es ist viel zu riskant. Nein. Es wird mir erst jetzt klar: Wir müssen es auf unsere Weise schaffen ...

Enkel Richard streckte langsam die Hand aus und sagte:

»Whuump?«

Masklin lief los und sprang.

Nomen können ziemlich tief fallen, ohne sich zu verletzen. Hinzu kam: Masklin prallte nicht auf den Boden, sondern auf ein weiches Sandwich mit Schinken, Salat und Tomatenscheiben.

Die drei Wichte entfalteten hektische, schemenhafte Aktivität, und plötzlich erhob sich das Sandwich auf sechs Beinen. Es sauste über den Teppich und ließ eine Spur aus Mayonnaise zurück.

Enkel Richard warf ein Handtuch danach. Er verfehlte das Ziel.

Das Sandwich setzte über die Türschwelle hinweg,

verschwand in der zirpenden, samtenen und gefährlichen Nacht.

Die Gefahren beschränkten sich nicht nur darauf, vom Ast zu fallen. Ein Frosch wurde von einer Eidechse verschlungen. Einige andere kehrten um, kaum hatten sie den Schatten der Blume verlassen. Ihre Erklärung lautete: ».-.-. mipmip .-.-. mipmip .-.-.«

Der Frosch ganz vorn drehte sich um und beobachtete die kleiner werdende Gruppe. Er sah einen ... und einen ... und einen ... und einen ... und noch einen, insgesamt also — er runzelte die Stirn, als er zu addieren versuchte — ja, genau, einer.

Mehrere einer fürchteten sich, und der Anführer begriff: Wenn sie jemals die neue Blume erreichten und dort überleben wollten, brauchten sie mehr als nur einen Frosch. Sie benötigten mindestens einen, vielleicht sogar einen. Er quakte ermutigend.

»Mipmip«, sagte er.

❖ 5 ❖

> FLORIDA (oder FLORIDIA): Ein Ort, wo es ALLIGATOREN, LANGHALSSCHILDKRÖTEN und SPACE SHUTTLES beziehungsweise RAUMFÄHREN gibt. Dort ist es immer warm und feucht, und außerdem kann man damit rechnen, Gänsen zu begegnen. Wer aufmerksam Ausschau hält, findet auch SANDWICHES, mit SCHINKEN, SALAT und TOMATENSCHEIBEN belegt. Ein viel interessanterer Ort als andere Orte. Wenn man ihn von oben betrachtet, sieht er aus wie ein kleines Stück, das an einem größeren Stück befestigt ist.
>
> Aus: *Eine wissenschaftliche Enzyklopädie für den wißbegierigen jungen Nom* von Angalo Kurzwarenler

Laßt das Auge der Phantasie eine Kamera sein ...

Dies ist der Erdball, eine glitzernde, blauweiße Kugel, wie Schmuck an einem unvorstellbaren Weihnachtsbaum.

Man nehme einen Kontinent ...

Fokus

Dies ist ein Kontinent, ein Puzzle aus gelben, grünen und braunen Flecken.

Man nehme einen bestimmten Ort ...

Fokus

Dies ist der Teil eines Kontinents, und er ragt ins warme Meer im Südosten. Die meisten Bewohner nennen ihn Florida.

Nun, eigentlich stimmt das gar nicht. Die meisten Bewohner haben überhaupt keinen Namen dafür. Sie wissen nicht einmal, daß dieser Teil eines Kontinents existiert. Die meisten von ihnen haben sechs Beine und summen. Viele andere haben acht Beine und verbringen eine Menge Zeit damit, in Netzen auf die sechsbeinigen Bewohner zu warten, um sie zu verspeisen. Viele der übrigen haben vier Beine, bellen, miauen oder liegen im Sumpf und geben vor, Baumstämme zu sein. Nur wenige Bewohner haben zwei Beine, und der Mehrheit von ihnen käme es nie den Sinn, ihre Heimat Florida zu nennen. Sie zwitschern nur und fliegen herum.

Der Name ›Florida‹ geht auf eine in mathematischer Hinsicht fast unbedeutende Anzahl von lebenden Geschöpfen zurück. Aber auf sie kommt es an. Zumindest ihrer Meinung nach. Und ihre Meinung gibt den Ausschlag. Ihrer Ansicht nach.

Fokus

Man nehme eine breite Straße...

Fokus

... Hunderte von Autos rollen durch gemächlich fallenden warmen Regen...

Fokus

... Sträucher an der Böschung...

Fokus

... Gras, das sich bewegt, aber nicht so wie Gras, das sich im Wind hin und her neigt...

Fokus

... zwei winzige Augen...

Fokus

Fokus

Fokus

Klick!

Masklin kroch durchs Gras zum Lagerplatz der Nomen zurück, falls jener Ort eine solche Bezeichnung verdiente. Es handelte sich um eine trockene Stelle unter einem weggeworfenen Stück Plastik.

Stunden waren vergangen, seit sie vor Enkel Richard *die Flucht ergriffen* hatten, wie Gurder immer wieder betonte. Hinter den Regenwolken ging langsam die Sonne auf.

Sie hatten eine Autobahn überquert, als keine Wagen über das breite Asphaltband rollten, und anschließend stapften sie durchs feuchte Dickicht, schreckten vor jedem Zirpen und geheimnisvollen Quaken zurück. Schließlich fanden sie das Stück Plastik und schliefen darunter. Masklin hielt eine Zeitlang Wache, obgleich er nicht genau wußte, worauf es zu achten galt.

Es gab auch einen positiven Aspekt. Das *Ding* hatte einmal mehr ›Kommunikationssignale analysiert‹, wie es sich ausdrückte, und in diesem Fall meinte es nicht das Flüstern von Computern, sondern die Stimmen von Radio und Fernsehen. Es wußte jetzt, wo die Shuttles starteten, um in den Himmel zu fliegen. Die Entfernung betrug nur achtzehn Meilen oder neunundzwanzig Kilometer. Außerdem hatten die Nomen gute Fortschritte erzielt und mindestens achthundert Meter zurückgelegt. Und es war warm. Selbst der Regen. Und ihnen stand noch immer ein großer Teil des Sandwiches zur Verfügung.

Andererseits: Sie mußten noch siebzehneinhalb Meilen weit wandern.

»Wann erfolgt der Start?« fragte Masklin.

»*In vier Stunden*«, antwortete das *Ding*.

»Das bedeutet, unsere Reisegeschwindigkeit muß mehr als vier Meilen pro Stunde betragen«, sagte Angalo niedergeschlagen.

Masklin nickte. Ein Nom, der sich wirklich Mühe gab, schaffte vielleicht anderthalb Meilen in der Stunde — vorausgesetzt, das Gelände hielt keine Hindernisse bereit.

Er hatte kaum darüber nachgedacht, wie sie das *Ding* ins All bringen sollten. *Wenn* er daran dachte, stellte er sich vor, den schwarzen Kasten irgendwo am Shuttle zu befestigen oder ihn in einen geeigneten Spalt zu schieben. Er spielte mit dem Gedanken, das *Ding* zu begleiten, aber in diesem Zusammenhang regten sich Zweifel in ihm. Angeblich enthielt das All nur Kälte und sonst nichts, nicht einmal Luft.

»Du hättest Enkel Richard um Hilfe bitten können!« sagte Gurder. »Warum bist du weggelaufen?«

»Keine Ahnung«, erwiderte Masklin. »Vielleicht habe ich geglaubt, daß wir uns selbst helfen sollten.«

»Aber Sie haben den Lastwagen benutzt, um das Kaufhaus zu verlassen. Und eine Concorde brachte Sie hierher. Und Sie essen die Nahrung der Menschen.«

Masklin hob überrascht die Brauen. An solche Bemerkungen des *Dings* war er nicht gewöhnt.

»Das ist etwas anderes«, sagte er.

»Wieso?«

»Die Menschen wußten nichts von uns. Wir nahmen uns einfach, was wir brauchten. Wir bekamen es nicht von ihnen. Sie halten dies für ihre Welt! Sie glauben, alles darin sei ihr Eigentum! Sie geben Dingen Namen; ihnen *gehört* alles! Ich habe zu Enkel Richard aufgesehen und dachte: Hier ist ein Mensch in einem Menschenzimmer, mit menschlichen Angelegenheiten beschäftigt. Wie soll er uns Nomen verstehen? Wie könnten wir ihn davon überzeugen, daß kleine Leute *richtige* Leute sind, mit richtigen Gedanken? Und dann dachte ich: Nein, das ist unmöglich. Es hätte keinen Zweck. Wir müssen allein zurechtkommen.«

Am *Ding* blinkten einige Lichter.

»Wir haben es bis hierher geschafft«, brummte Masklin. »Mit dem Rest werden wir auch noch fertig.« Er blickte zu Gurder.

»Da fällt mir ein...«, fügte er hinzu. »Ich erinnere mich nicht daran, daß du zu Enkel, 39, geeilt bist, um ihm den Finger zu schütteln.«

»Ich war verlegen«, entgegnete der Abt. »Ich bin immer verlegen, wenn ich Gottheiten begegne.«

Sie hatten kein Feuer entzünden können — alles war viel zu feucht. Nun, sie brauchten auch gar keins, aber züngelnde Flammen verhießen so etwas wie Zivilisation. Wie dem auch sei: Irgendwann schien es jemandem gelungen zu sein, ein Feuer zu entfachen — nasse Asche bot einen deutlichen Hinweis.

»Ich frage mich, wie es jetzt daheim zugeht«, sagte Angalo nach einer Weile.

»Ich schätze, dort ist alles in Ordnung«, murmelte Masklin.

»Glaubst du wirklich?«

»Ich *hoffe* es zumindest.«

»Deine Grimma hat wahrscheinlich alles organisiert.« Angalo versuchte zu lächeln.

»Sie ist aber nicht *meine* Grimma«, schnappte Masklin.

»Tatsächlich nicht? Wessen Grimma ist sie dann?«

Masklin zögerte. »Ihre eigene, vermute ich«, antwortete er unsicher.

»Oh, ich dachte, ihr beide gehört zusammen und ...«, begann Angalo.

»Da irrst du dich. Ich habe ihr gesagt, wir würden heiraten, und sie nahm das zum Anlaß, mir von Fröschen zu erzählen.«

»So sind Frauen eben«, kommentierte Gurder. »Ich habe euch mehrmals gewarnt: Es ist keine gute Idee, Frauen zu gestatten, lesen zu lernen. Dadurch wird bei ihnen das Gehirn zu heiß.«

»Grimma meinte, kleine Frösche, die in einer Blume leben, seien die wichtigste Sache auf der Welt«, fuhr Masklin fort und lauschte der Stimme seiner Erinnerung. Damals hatte er nicht sehr aufmerksam zugehört; er war viel zu verärgert gewesen.

»Klingt ganz so, als könnte man Tee auf ihrem Kopf kochen«, sagte Angalo.

»Sie hat davon in einem Buch gelesen.«

»Genau das meinte ich«, betonte Gurder. »Ich bin nie damit einverstanden gewesen, daß alle Leute lesen lernen. Es bringt sie nur durcheinander.«

Masklin starrte verdrießlich in den Regen.

»Wenn ich jetzt genauer darüber nachdenke... Eigentlich ging es gar nicht um Frösche. Grimma sprach von einem Ort namens Südamerika, und da gibt's Berge, und es ist warm, und es regnet dauernd, und in den Regenwäldern gibt es große Bäume, und ganz oben in den Wipfeln gibt's große Blumen, sie heißen Bromelien, und Regenwasser sammelt sich in den großen Blüten, formt kleine Teiche darin, und es gibt Frösche, die ihre Eier in diese Teiche legen, und Kaulquappen schlüpfen daraus, wachsen zu neuen Fröschen heran, und diese kleinen Frösche verbringen ihr ganzes Leben in den Blumen, und sie wissen gar nicht, daß die Welt einen Boden hat, und sobald man weiß, daß die Welt noch viel mehr Dinge enthält, ist das Leben nicht mehr so wie vorher.«

Masklin holte tief Luft.

»Etwas in der Art«, sagte er.

Gurder sah Angalo an.

»Hast du *irgend etwas* davon verstanden?« fragte er.

»*Es ist eine Metapher*«, erklärte das *Ding*. Niemand schenkte ihm Beachtung.

Masklin kratzte sich am Ohr. »Es schien Grimma eine Menge zu bedeuten.«

»*Es ist eine Metapher*«, wiederholte das *Ding*.

»Frauen wollen dauernd was«, sagte Angalo. »Meine Frau, zum Beispiel... Redet immer von Kleidern und so.«

»Ich bin sicher, Enkel Richard hätte uns geholfen«, brummte Gurder. »Wenn wir bereit gewesen wären, mit ihm zu sprechen. Er hätte uns eine anständige Mahlzeit gegeben und... und...«

»... uns in einem Schuhkarton untergebracht«, warf Masklin ein.

»... und uns in einem Schuhkarton untergebracht«, sagte Gurder automatisch. »Nein! Ich meine, vielleicht. Ich meine, warum nicht? Eine Stunde erholsamer

Schlaf. Wäre doch eine angenehme Abwechslung, oder? Und dann ...«

»... hätte er uns in seiner Tasche herumgetragen«, beendete Masklin den Satz.

»Nicht unbedingt. Nicht unbedingt.«

»Ganz bestimmt sogar. Weil er groß ist und wir klein sind.«

»*Start in drei Stunden und siebenundfünfzig Minuten*«, verkündete das *Ding*.

Der Lagerplatz befand sich an einem Graben. In Florida schien es keinen Winter zu geben: Dichtes Grün bedeckte die Böschungen.

Ein Etwas glitt langsam vorbei — es sah aus wie ein flacher Teller, an dem vorn ein Löffel steckte. Der Löffel neigte sich nach oben, blickte kurz zu den Nomen und tauchte dann wieder ins Wasser.

»Was war das für ein Ding, *Ding*?« fragte Masklin.

Der schwarze Kasten fuhr einen Sensor aus.

»*Eine Langhalsschildkröte.*«

»Oh.«

Die Schildkröte schwamm in aller Seelenruhe weiter.

»Sie kann von Glück sagen«, meinte Gurder.

»Wieso?« erkundigte sich Angalo verwirrt.

»Weil sie einen langen Hals hat *und* Langhalsschildkröte heißt. Es wäre ihr sicher peinlich, einen kurzen Hals zu haben und sich mit einem solchen Namen abfinden zu müssen.«

»*Start in drei Stunden und sechsundfünfzig Minuten.*«

Masklin stand auf.

»Wißt ihr ...«, begann Angalo. »Ich bedaure, daß ich nicht mehr von *Der Spion ohne Hosen* lesen konnte. Es wurde gerade aufregend.«

»Kommt«, drängte Masklin. »Laßt uns aufbrechen. Vielleicht finden wir einen Weg.«

Angalo hatte das Kinn in die Hände gestützt, und nun sah er überrascht auf.

»Was, jetzt?«

»Wir sind zu weit gekommen, um einfach aufzugeben, oder?«

Sie bahnten sich einen Weg durchs hohe Gras, entdeckten einen umgestürzten Baumstamm, kletterten darüber hinweg und erreichten die andere Seite des Grabens.

»Hier ist es viel grüner als zu Hause«, stellte Angalo fest.

Masklin schob sich durch ein Gewirr aus großen Blättern.

»Und wärmer«, fügte Gurder hinzu. »Hier hat man die Heizung ordentlich aufgedreht.«*

»Es gibt keine Heizung im Draußen«, sagte Angalo. »Es ist einfach nur warm oder kalt.«

Der Abt ignorierte ihn. »Wenn ich alt bin, möchte ich gern an einem solchen Ort leben — wenn's schon das Draußen sein muß.«

»*Dies ist ein Naturschutzgebiet*«, summte das *Ding*.

Gurder wirkte interessiert. »Die Natur schützt dieses Gebiet?« vergewisserte er sich. »Warum denn?«

»*Es bedeutet, daß die hiesigen Tiere unbelästigt und in Frieden leben können.*«

»Soll das heißen, hier ist die Jagd verboten?«

»*Ja.*«

»Du darfst hier nichts jagen, Masklin«, sagte Gurder.

Masklin schwieg.

Irgend etwas besorgte ihn, aber der Grund dafür blieb ihm verbogen. Vielleicht stand er mit den Tieren in Zusammenhang.

»Welche Geschöpfe leben hier, *Ding?*« fragte er. »Abgesehen von Schildkröten mit langen Hälsen.«

Der schwarze Kasten antwortete nicht sofort. »*Einige Informationen betreffen Seekühe und Alligatoren.*«

---

* Seit Generationen wußten Nomen, daß die Temperatur von Klimaanlage und Heizung reguliert wurde. Wie die meisten Kaufhaus-Wichte hielt Gurder an den für ihn vertrauten Begriffen fest.

Masklin versuchte, sich eine Seekuh vorzustellen. Es klang nicht sehr schlimm. Er kannte Kühe: Sie waren groß und langsam und fraßen keine Nomen, es sei denn durch Zufall.

»Was sind Alligatoren?« erkundigte er sich.

Das *Ding* erklärte es ihm.

»Was?« stieß Masklin hervor.

»Was?« hauchte Angalo.

»*Was?*« ächzte Gurder und hob hastig den Saum seines Umhangs.

»Du Idiot!« rief Angalo.

»Ich?« fauchte Masklin. »Woher sollte ich das wissen? Es ist wohl kaum meine Schuld, oder? Ich habe am Flughafen kein Schild übersehen, auf dem geschrieben stand: ›Willkommen in Florida, Heimat von vier Meter langen fleischfressenden Amphibien.‹«

Sie starrten zum Gras. Eine freundliche warme Welt, von Insekten und Schildkröten bewohnt, verwandelte sich nun in eine *schreckliche* Welt, in der lange Zähne lauerten.

Etwas beobachtet uns, dachte Masklin. *Ich fühle es ganz deutlich.*

Die drei Wichte standen Rücken an Rücken. Masklin ging langsam in die Hocke und griff nach einem großen Stein.

Das Gras bewegte sich.

»Das *Ding* meinte, nicht alle Alligatoren werden bis zu vier Meter lang«, flüsterte Angalo in der Stille.

»Wir sind durch die Dunkelheit geirrt!« stöhnte Gurder. »Obwohl sich hier Ungeheuer herumtreiben!«

Das Gras bewegte sich erneut. Und es lag nicht am Wind.

»Haltet euch bereit«, raunte Angalo.

»Wenn es Alligatoren sind ...«, sagte Gurder und versuchte, tapfer zu wirken. »Ich werde ihnen zeigen, daß ein Nom voller Würde sterben kann.«

»Wie du willst«, erwiderte Angalo. Sein Blick huschte hin und her. »*Ich* werde ihnen zeigen, daß ein Nom schnell wegrennen kann.«

Das Gras teilte sich.

Ein Wicht trat vor.

Hinter Masklin knackte etwas. Er wirbelte um die eigene Achse — und sah einen anderen Nom.

Und noch einen.

Und noch einen.

Insgesamt fünfzehn.

Die drei Reisenden drehten sich wie ein Tier mit sechs Beinen und drei Köpfen.

Die Feuerstelle, dachte Masklin. *Wir haben uns neben feuchte Asche gesetzt, ohne uns zu fragen, wer dort ein Feuer entzündet hat.*

Die Neuankömmlinge trugen Grau und waren unterschiedlich groß. Jeder von ihnen hielt einen Speer in der Hand.

Ich wünschte, ich hätte jetzt meinen dabei, fuhr es Masklin durch den Sinn, als er danach trachtete, möglichst viele der Fremden im Auge zu behalten.

Sie richteten die Speere nicht auf ihn. Das Problem war nur: Die Spitzen zeigten auch nicht direkt von ihm *fort.*

Es geschah nur sehr selten, daß ein Nom einen anderen tötete, erinnerte sich Masklin. Im Kaufhaus hatte so etwas als schlechtes Benehmen gegolten, und draußen... Nun, im Draußen gab es bereits genug Dinge, die Nomen umbrachten. Außerdem: Es war falsch, und das genügte als Grund.

Er hoffte, daß die fremden Nomen ebenso empfanden.

»Kennst du diese Leute?« fragte Angalo.

»Ich?« erwiderte Masklin. »Natürlich nicht. Wieso sollte ich sie kennen?«

»Nun, es sind Draußenler. Ich dachte, alle Draußenler kennen sich.«

»Sehe sie jetzt zum erstenmal.«

»Ich *glaube*«, sagte Angalo ganz langsam, »der Anführer ist jener alte Bursche mit der großen Nase und der Feder im Haarknoten. Was meint ihr?«

Masklin musterte den großen, dünnen und sehr alten Nom, der eine finstere Miene schnitt.

»Er scheint uns nicht besonders sympathisch zu finden.«

»Das beruht ganz auf Gegenseitigkeit, soweit es mich betrifft«, sagte Angalo.

»Hast du irgendwelche Vorschläge, *Ding?*« fragte Masklin.

»Wahrscheinlich haben die anderen Nomen ebensoviel Angst wie Sie.«

»Das bezweifle ich«, murmelte Angalo.

»Sagen Sie ihnen, daß Sie keine bösen Absichten haben.«

»So etwas würde ich gern von den Fremden hören.«

Masklin trat vor und hob beide Hände.

»Wir kommen in Frieden. Und wir möchten nicht, daß jemand verletzt wird.«

»Uns eingeschlossen«, fügte Angalo hinzu. »Wir meinen es ernst.«

Einige der Fremden wichen zurück und hielten ihre Speere wurfbereit.

»Ich habe die Arme gehoben«, sagte Masklin über die Schulter hinweg. »Warum heben *sie* die Speere?«

»Weil du einen großen Stein in den Händen hältst«, erwiderte Angalo schlicht. »Ich weiß nicht, was diese Leute denken, aber wenn du dich *mir* mit einem solchen Brocken nähern würdest ... Ich wäre ziemlich beunruhigt.«

»Ich bin nicht sicher, ob ich ihn loslassen möchte«, entgegnete Masklin.

»Vielleicht sprechen sie eine andere Sprache. Floridianisch oder so ...«

Gurder setzte sich in Bewegung.

Seit dem Eintreffen der fremden Nomen hatte der

Abt keinen Ton von sich gegeben. Er erbleichte einfach nur.

Jetzt rasselte bei ihm ein innerer Wecker. Er schnaubte und sprang vor, stürmte Haarknoten wie ein zorniger Ballon entgegen.

»Wie kannst du es *wagen*, uns mit Speeren zu bedrohen, du ... du *Draußenler!*« heulte er.

Angalo schloß die Augen, während sich Masklins Finger noch fester um den Stein schlossen.

»Äh, Gurder...«, begann er.

Haarknoten trat zurück. Die übrigen Nomen schienen sehr verblüfft zu sein, als plötzlich eine kleine, wütende Gestalt in ihrer Mitte weilte. In Gurder kochte ein Groll, der manchmal noch besser schützt als eine dicke Rüstung.

Haarknoten kreischte.

»Schrei mich nicht an, du schmutziger Heide!« stieß der Abt hervor. »Glaubst du etwa, wir hätten Angst vor den Speeren?«

»Ich schon«, flüsterte Angalo und schob sich etwas näher an Masklin heran. »Was ist plötzlich in ihn gefahren?«

Haarknoten rief den Nomen etwas zu. Zwei von ihnen hoben ihre Speere noch etwas höher, wirkten jedoch unsicher. Einige andere zankten sich leise.

»Es wird immer schlimmer«, hauchte Angalo.

»Ja«, bestätigte Masklin. »Ich glaube, wir sollten...«

Hinter ihnen erklang eine scharfe Stimme. Die Floridianer drehten sich um, und Masklin folgte ihrem Beispiel.

Zwei weitere Nomen kamen aus dem Gras. Ein Junge und eine kleine, pummelige Frau — sie sah aus wie eine Frau, von der man gern ein Stück Apfeltorte entgegengenommen hätte. Ihr Haar war zusammengesteckt und ebenfalls mit einer langen grauen Feder geschmückt.

Die Floridianer schwiegen verlegen. Nur Haarknoten

brabbelte, und zwar ziemlich lange. Die Frau antwortete mit einigen wenigen Worten. Woraufhin Haarknoten die Arme ausbreitete, den Kopf nach hinten neigte, gen Himmel starrte und flüsterte.

Die Frau wanderte um Masklin und Angalo herum, betrachtete sie wie Ausstellungsstücke. Als sie Masklin von Kopf bis Fuß musterte, fing er ihren Blick ein und dachte: *Sie sieht wie eine nette alte Dame aus, aber offenbar ist sie hier der Boß. Wenn wir ihr nicht gefallen, sind wir in großen Schwierigkeiten.*

Die Frau zog ihm den Stein aus der Hand. Masklin hielt ihn nicht fest.

Dann berührte sie das *Ding*.

Es sprach zu ihr und benutzte dabei ähnlich klingende Worte wie vorher die Frau. Sie zog ruckartig die Hand zurück, legte den Kopf zur Seite und beobachtete das *Ding* erstaunt. Schließlich wandte sie sich davon ab.

Sie gab einen neuerlichen Befehl, und die Floridianer bezogen Aufstellung. Die grauen Nomen formten keine lange Reihe, sondern ein V mit der Frau ganz vorn und den Reisenden in der Mitte.

»Sind wir Gefangene?« fragte Gurder, der sich inzwischen wieder beruhigt hatte.

»Nein«, erwiderte Masklin. »Wir sind keine Gefangenen. Zumindest *noch* nicht.«

Die Mahlzeit bestand aus gebratenen Eidechsenteilen. Masklin ließ es sich schmecken — dieses Essen erinnerte ihn an seine Zeit als Draußenler, bevor ein Lastwagen sie zum Kaufhaus brachte. Seine beiden Gefährten hingegen ... Sie aßen nur, weil es unhöflich gewesen wäre, nicht zu essen. Und sie hielten es kaum für eine gute Idee, mit Speeren ausgerüsteten Leuten gegenüber unhöflich zu sein, solange sie selbst keine Waffen hatten.

Die Floridianer beobachteten sie ernst.

Es waren mindestens dreißig, und sie alle trugen

graue Kleidung. Sie sahen wie die Kaufhaus-Nomen aus, hatten nur dunklere Haut und weniger Fleisch auf den Knochen. In den meisten Fällen ragten große Nasen aus den Gesichtern, was das *Ding* für völlig normal hielt und mit ›Genetik‹ erklärte.

Der schwarze Kasten unterhielt sich mit den anderen Wichten. Gelegentlich fuhr er einen Sensor aus und zeichnete damit Bilder in den Boden.

»Vermutlich teilt ihnen das *Ding* folgendes mit«, sagte Angalo. »›Wir kommen von fernem Ort in großem Vogel-der-nicht-mit-Flügeln-schlägt.‹«

Häufig wiederholte das *Ding* einfach nur die Worte der Frau.

Schließlich erschöpfte sich Angalos Vorrat an Geduld.

»Was ist *los, Ding?*« fragte er. »Warum sprichst du dauernd mit der Frau?«

»*Sie führt diese Gruppe an.*«

»Eine Frau? Meinst du das ernst?«

»*Ich meine alles ernst. Das ist bei mir eingebaut.*«

»Oh.«

Angalo stieß Masklin in die Rippen. »Wenn Grimma davon erfährt, müssen wir mit *erheblichen* Problemen rechnen.«

»*Sie heißt Sehr-kleiner-Baum beziehungsweise Strauch*«, fuhr das *Ding* fort.

»Und du verstehst sie?« fragte Masklin.

»*Zum Teil. Die Sprache ähnelt dem ursprünglichen Nomisch.*«

»Dem ›ursprünglichen Nomisch‹? Was soll das heißen?«

»*Die Sprache Ihrer Vorfahren.*«

Masklin zuckte mit den Schultern und beschloß, später über diesen Hinweis nachzudenken.

»Hast du ihr von uns erzählt?«

»*Ja. Sie sagt* ...«

Haarknoten brummte schon seit einer ganzen Weile

vor sich hin. Jetzt stand er plötzlich auf und zischte etwas, deutete dabei zu Boden und gen Himmel.

An dem *Ding* blinkten einige Lichter.

»*Er sagt, Sie sind in das Land eingedrungen, das dem Wolkenmacher gehört. Er sagt, das sei sehr schlecht. Er sagt, der Wolkenmacher wird deshalb sehr zornig sein.*«

Viele Nomen brummten zustimmend, und Strauch richtete einige scharfe Worte an sie. Gurder wollte aufstehen, und Masklin legte ihm rasch die Hand auf die Schulter, drückte ihn sanft nach unten.

»Welche Ansicht vertritt, äh, Strauch?« fragte er.

»*Ich glaube, sie hält nicht viel von dem Haarknoten-Individuum. Er heißt Jener-der-weiß-was-der-Wolkenmacher-denkt.*«

»Und wer oder was ist der Wolkenmacher?«

»*Angeblich bringt es Unglück, seinen wahren Namen zu nennen. Er hat den Boden erschaffen und fügt dem Himmel noch immer Stücke hinzu. Er ...*«

Haarknoten rief etwas, und es klang verärgert.

Wir müssen uns mit diesen Leuten anfreunden, dachte Masklin. Aber wie?

»Der Wolkenmacher ...« Masklin konzentrierte sich und überlegte einige Sekunden lang. »Ist er eine Art von Arnold Bros (gegr. 1905)?«

»*Ja*«, antwortete das *Ding*.

»Und gibt es ihn wirklich?«

»*Ich glaube schon. Sind Sie bereit, ein Risiko einzugehen?*«

»Was?«

»*Vielleicht kenne ich die Identität des Wolkenmachers. Vielleicht weiß ich auch, wann er noch etwas mehr Himmel erschafft.*«

»Was? Wann?«

»*In drei Stunden und zehn Minuten.*«

Masklin zögerte.

»Einen Augenblick«, sagte er langsam. »Das klingt wie der Zeitpunkt, an dem ...«

»*Ja. Bereiten Sie sich darauf vor, schnell wegzulaufen. Ich schreibe nun den Namen des Wolkenmachers.*«

»Warum sollten wir weglaufen?«

»*Weil die anderen Nomen vielleicht sehr wütend werden. Aber wir dürfen keine Zeit mehr vergeuden.*«

Der Sensor des *Dings* wackelte. Er eignete sich nicht als Schreibinstrument, und die im Boden entstehenden krakeligen Zeichen waren nur schwer zu entziffern.

Der schwarze Kasten kratzte vier Buchstaben in den Staub.

Sie bewirkten eine unmittelbare Reaktion.

Haarknoten schrie, und einige Floridianer sprangen auf. Masklin griff nach den Armen seiner Gefährten.

»Gleich verpasse ich dem alten Narren eine ordentliche Ohrfeige«, knurrte Gurder. »Wie kann man nur so dumm und engstirnig sein?«

Strauch saß völlig reglos, während um sie herum Chaos ausbrach. Dann sprach sie, laut und doch ruhig.

»*Sie weist die anderen Nomen darauf hin, es sei nicht falsch, den Namen des Wolkenmachers zu schreiben*«, erklärte das *Ding*. »*Er selbst schreibt ihn häufig genug. Sie sagt:* ›*Wie berühmt muß der Wolkenmacher sein, wenn sogar diese Fremden seinen Namen kennen?*‹«

Die meisten Nomen nickten und setzten sich wieder. Haarknoten grummelte leise.

Masklin entspannte sich ein wenig und blickte auf die Zeichen im Sand.

»N ... A ... 8 ... A«, las er verwundert.

»*Es ist ein* ›*S*‹, *keine* ›*8*‹«, sagte das *Ding*.

»Aber du hast doch nur kurze Zeit mit der alten Frau gesprochen!« warf Angalo ein. »Wieso weißt du über so etwas Bescheid?«

»*Weil ich mit der Denkweise von Nomen vertraut bin*«, erwiderte der schwarze Kasten. »*Sie glauben immer, was Sie lesen. Und Sie verstehen alles wortwörtlich, so wie es geschrieben steht.*«

❖ 6 ❖

> GÄNSE: Vögel, die langsamer sind als zum Beispiel die CONCORDE. Man bekommt auf ihnen nichts zu essen. Nomen, die sich damit auskennen, bezeichnen die Gans als den dümmsten aller Vögel, abgesehen von der Ente. Gänse verbringen viel Zeit damit, von einem Ort zum anderen zu fliegen. Als Transportmittel läßt eine Gans sehr zu wünschen übrig.
>
> Aus: *Eine wissenschaftliche Enzyklopädie für den wißbegierigen jungen Nom* von Angalo Kurzwarenler

Am Anfang, sagte Strauch, gab es nur den Boden. NASA sah die Leere über dem Boden und beschloß, sie mit Himmel zu füllen. Er baute etwas im Zentrum der Welt und schickte Türme aus Wolken nach oben. Ab und zu trugen jene Türme auch Sterne, denn manchmal, nachdem ein solcher Wolkenturm zum Firmament gewachsen war, konnten die Nomen in der darauffolgenden Nacht beobachten, wie neue Sterne über den Himmel glitten.

Der an die Wolkentürme grenzende Bereich war NASAs besonderes Land. Dort gab es mehr Tiere und weniger Menschen — ein guter Platz für Nomen. Wahrscheinlich hatte der Wolkenmacher alles auf diese Weise geplant.

Strauch lehnte sich zurück.

»Und sie *glaubt* das alles?« fragte Masklin. Er blickte über die Lichtung und sah, daß sich Gurder und Haarknoten noch immer stritten. Keiner von ihnen verstand, was der andere sagte, aber sie zankten trotzdem.

Der schwarze Kasten übersetzte.

Strauch lachte.

»*Sie sagt: Tage kommen und Tage gehen; wer muß an irgend etwas glauben? Mit eigenen Augen hat sie gesehen, wie gewisse Dinge passieren, und von anderen Dingen weiß sie, daß sie geschehen. Sie meint, der Glaube sei eine wundervolle Sache für jene, die ihn brauchen. Eins steht fest, betont sie: Dieser Ort gehört NASA, weil sein Name auf Schildern steht.*«

Angalo strahlte. Er war so aufgeregt, daß ihm fast Tränen aus den Augen quollen.

»Sie leben in der Nähe des Ortes, von dem aus die Shuttle-Jets direkt nach oben fliegen, und sie halten ihn für heilig!« entfuhr es ihm.

»Tatsächlich?« sagte Masklin mehr zu sich selbst. »Wie dem auch sei: Es ist nicht seltsamer als zu glauben, das Kaufhaus sei die ganze Welt. Wie beobachten sie die sogenannten Shuttles, *Ding*? Die ›Raumfähren‹ sind doch weit entfernt.«

»*Eigentlich ist die Entfernung gar nicht sehr groß. Achtzehn Meilen sind nicht viel, sagt Strauch. Außerdem sagt sie, daß jener Ort in etwas mehr als einer Stunde erreicht werden kann.*«

Die alte Frau nickte, als sie Angalos und Masklins Überraschung bemerkte. Ohne ein weiteres Wort stand sie auf, trat zum Gebüsch und bedeutete den Nomen mit einem Wink, ihr zu folgen. Sechs Floridianer schlossen sich ihr an und bildeten ein V mit ihr an der Spitze.

Nach einigen Metern wich das Grün beiseite, und sie erreichten das Ufer eines Sees.

Große Wasserflächen stellten für die Wichte nichts Ungewöhnliches dar: In der Nähe des Flughafens gab es Reservoirs. Sie kannten auch Enten. Aber nun paddelten ihnen fröhlich quakende Geschöpfe entgegen, die viel größer waren. Außerdem verhielten sich normale Enten wie die meisten anderen Tiere. Sie erkannten in Nomen zumindest die Gestalt von Menschen und hielten sich deshalb von ihnen fern. Sie sausten ihnen nicht so entgegen, als seien sie überglücklich, Wichte zu sehen.

Einige dieser Wesen flogen fast, um so schnell wie möglich zu den Nomen zu gelangen.

Masklin blickte sich instinktiv nach einer Waffe um. Strauch berührte ihn am Arm, schüttelte den Kopf und sprach einige Worte.

»*Sie sind nicht gefährlich*«, übersetzte das *Ding*.

»Aber sie sehen gefährlich aus!«

»*Es handelt sich um Gänse*«, erklärte das *Ding*. »*Völlig harmlos, es sei denn für Gras und kleine Organismen. Sie verbringen hier den Winter.*«

Die Gänse trafen mit einer Bugwelle ein, die den Nomen über die Füße schwappte. Sie reckten Strauch die Hälse entgegen, und die alte Floridianerin klopfte auf einige gräßlich-große Schnäbel.

Masklin gab sich alle Mühe, nicht wie ein kleiner Organismus zu wirken.

»*Sie kommen aus kalten Klimazonen hierher*«, fuhr das *Ding* fort. »*Und die Floridianer zeigen ihnen den richtigen Kurs.*«

»Oh, gut. Das ist...« Masklin unterbrach sich, als sein Gehirn den Mund unter Kontrolle brachte. »Soll das heißen, diese Nomen fliegen auf ihnen?«

»*Ja. Sie reisen mit den Gänsen. Übrigens: Ihnen bleiben noch zwei Stunden und einundvierzig Minuten bis zum Start.*«

»Eins möchte ich klarstellen«, sagte Angalo langsam, als ein großer, fedriger Kopf einige Zentimeter neben ihm ins Wasser tauchte. »Wenn du vorschlagen willst, daß wir auf einer Gänse reiten...«

»*Auf einer Gans. Eine Gänse ist eine Gans.*«

»... dann solltest du dir etwas anderes einfallen lassen. Oder eine, äh, Neuberechnung vornehmen. Was auch immer.«

»*Sie haben natürlich einen besseren Vorschlag*«, entgegnete das *Ding*. Ihm fehlte ein Gesicht — andernfalls hätte es jetzt höhnisch gegrinst.

»Der Vorschlag, *nicht* auf Gänsen zu reiten, erscheint mir viel besser«, stellte Angalo fest.

»Ich weiß nicht.« Masklin beobachtete die großen Geschöpfe nachdenklich. »Vielleicht wäre es einen Versuch wert.«

»*Zwischen den Floridianern und diesen Tieren hat sich eine sehr interessante Beziehung entwickelt*«, meinte das *Ding*. »*Die Gänse geben den Nomen Flügel, und die Wichte stellen ihnen Intelligenz zur Verfügung. Im Sommer fliegen die Gänse nach Kanada, und im Winter kehren sie hierher zurück. Es ist eine Art Symbiose — obwohl die Floridianer das gar nicht wissen.*«

»Sie wissen nichts von Symbiose?« brummte Angalo. »Wie dumm von ihnen.«

»Ich verstehe dich nicht, Angalo«, sagte Masklin. »Du bist ganz verrückt danach, mit Maschinen zu fahren, in ihnen Knöpfe zu drücken und an Hebeln zu ziehen. Aber es beunruhigt dich, auf einem ganz normalen Vogel zu sitzen.«

»Weil ich nicht weiß, wie Vögel funktionieren«, erwiderte Angalo. »Ich habe noch nie den Schaltplan einer Gans gesehen.«

»*Diese Gänse sind der Grund dafür, warum die Floridianer kaum Kontakte mit Menschen hatten*«, ließ sich das *Ding* vernehmen. »*Wie ich schon sagte: Ihre Sprache hat große Ähnlichkeiten mit dem ursprünglichen Nomisch.*«

Strauch musterte sie aufmerksam. Irgend etwas in ihrem Verhalten erschien Masklin seltsam. Sie zeigte keine Furcht, war auch nicht aggressiv oder unfreundlich.

»Sie ist nicht überrascht«, sagte er laut. »Sie ist interessiert, aber nicht überrascht. Als sie uns begegneten, gerieten die Floridianer außer sich, weil wir *hier* waren. Unsere *Existenz* spielte dabei gar keine Rolle. *Wie viele andere Nomen hat Strauch gesehen?*«

Das *Ding* übersetzte.

Und Masklin hörte ein Wort, das er erst seit einem Jahr kannte.

Tausende.

Der Frosch ganz vorn rang mit einer neuen Idee. Er war sich vage bewußt, daß er neue Gedanken brauchte.

Er entsann sich an die Welt, mit einem Teich in der Mitte und Blütenblättern am Rand. Eins.

Doch etwas weiter entfernt am Ast lockte noch eine andere Welt, und sie sah genauso aus wie jene Blume, die sie verlassen hatten. Eins.

Der erste Frosch saß auf einem Moosfladen und drehte die Augen unabhängig voneinander, so daß er beide Welten gleichzeitig beobachten konnte. Eine dort. Und eine *dort*.

Eins. Und eins.

Tiefe Falten formten sich in der Stirn des Frosches, als er versuchte, mit völlig neuen Vorstellungen fertig zu werden. Eins und eins ... Daraus ergab sich eins. Aber wenn man *hier* ein eins hatte und *dort* ebenfalls ...

Die übrigen Frösche warteten verwundert, als die Augen ihres Anführers rollten.

Eins hier und eins dort — es mußte mehr sein als eins. Die Blumen befanden sich zu weit auseinander. Man benötigte ein Wort, das *beiden* galt. Es lautete ... Es lautete ...

Der Frosch öffnete den Mund und grinste so breit, daß sich seine Lippen fast am Hinterkopf trafen.

Das richtige Wort war ihm gerade eingefallen.

».-.-. mipmip .-.-.«, quakte er.

Es bedeutete: Eins. Und *noch* eins.

Gurder stritt sich noch immer mit Haarknoten, als die Gruppe zurückkehrte.

»Wie schaffen sie es nur, sich so lange zu zanken?« staunte Angalo. »Keiner von ihnen versteht, was der andere sagt!«

»Die besten Voraussetzungen für einen Streit«, erwiderte Masklin. »Gurder? Wir brechen jetzt auf. Komm.«

Der Abt hob den Kopf, und seine Wangen glühten. Er und Haarknoten hockten neben Dutzenden von Bildern, die sie in den Sand gekratzt hatten.

»Ich brauche das *Ding!*« stieß er hervor. »Dieser Idiot weigert sich, irgend etwas zu verstehen!«

»Du hast keine Chance, dich gegen ihn durchzusetzen«, sagte Masklin. »Strauch meint, er zankt mit allen anderen Nomen, denen die Floridianer begegnen. Er findet Gefallen daran.«

»Mit welchen anderen Nomen?« fragte Gurder.

»Die Wichte sind überall. Das hat uns Strauch erzählt. Selbst hier in Florida leben andere Gruppen. Und, und, und in Kanada, wo die Floridianer den Sommer verbringen. Wahrscheinlich gibt es auch zu Hause Nomen, von denen wir nichts wissen!«

Er zog den Abt auf die Beine.

»Uns bleibt nur noch wenig Zeit«, fügte er hinzu.

»Ich lehne es strikt ab, auf so ein Ding zu klettern!«

Die Gänse warfen Gurder einen verwirrten Blick zu, so als hielten sie ihn für einen besonders exotischen Frosch, der plötzlich zwischen den Wasserpflanzen erschienen war.

»Ich bin davon ebensowenig begeistert wie du«, sagte Masklin. »Aber die Floridianer sind seit langem daran gewöhnt. Sie kuscheln sich einfach ins Gefieder, um nicht herunterzufallen.«

»*Kuscheln?*« eiferte sich Gurder. »Ich habe mich noch nie in meinem Leben gekuschelt!«

»Du bist mit der Concorde geflogen«, erinnerte ihn Angalo. »Die von Menschen gebaut und gesteuert wurde.«

Gurder starrte wie jemand, der entschlossen war, auch weiterhin Widerstand zu leisten.

»Und wer hat die Gänse gebaut?« fragte er.

Angalo lächelte und sah zu Masklin, der erwiderte:
»Wie? Oh, keine Ahnung. Andere Gänse, nehme ich an.«

»Gänse? *Gänse?* Und was verstehen Gänse von Flugsicherheit und so?«

»Hör mal ...«, sagte Masklin. »Sie können uns im Nu zu unserem Ziel bringen. Die Floridianer fliegen mit ihnen Tausende von Meilen weit. Tausende von Meilen, ohne geräucherten Lachs oder rosarotes Schwabbelzeug. *Wir* müssen nur achtzehn Meilen zurücklegen.«

Gurder zögerte. Haarknoten knurrte etwas.

Der Abt räusperte sich.

»Na schön«, verkündete er stolz. »Wenn diese irregeleitete Person daran gewöhnt ist, auf Gänsen zu reiten, dann sollte es mir überhaupt nicht schwerfallen.« Er blickte zu den grauen Gestalten, die in der Lagune schwammen. »Sprechen die Floridianer mit jenen Geschöpfen?«

Das *Ding* fragte Strauch danach. Sie schüttelte den Kopf. Nein, Gänse waren ziemlich dumm. Freundlich, ja, aber dumm. Warum mit etwas reden, das nicht antworten konnte?

»Hast du ihr gesagt, was wir vorhaben?« erkundigte sich Masklin.

»*Nein. Sie hat nicht gefragt.*«

»Wie steigen wir auf?«

Strauch steckte zwei Finger in den Mund und pfiff.

Sechs Gänse watschelten über die Uferböschung. Aus der Nähe gesehen wirkten sie kaum kleiner.

»Ich habe einmal etwas über Gänse gelesen«, murmelte Gurder in verträumtem Grauen. »In einem Buch. Darin hieß es, Gänse könnten den Arm eines Menschen brechen — ein Schnabelhieb genügt.«

»Flügel«, brummte Angalo. Er sah zu den fedrigen Körpern auf. »Ein Schlag mit dem Flügel.«

»*Schwäne* sind dazu imstande«, fügte Masklin hinzu. Er überlegte kurz. »Was Gänse betrifft ... Man sollte nicht ›Buh‹ zu ihnen sagen, wenn ich mich recht entsinne.«

»Käme mir nie in den Sinn«, versicherte Gurder.

Viel später, als Masklin die Geschichte seines Lebens schrieb, schilderte er den Flug der Gänse als den schnellsten, höchsten und entsetzlichsten aller Flüge.

Halt, sagt der Leser an dieser Stelle. Die Concorde ... Sie flog so schnell, daß sie die von ihr selbst erzeugten Geräusche hinter sich zurückließ. Und sie flog so hoch, daß es überall nur noch Himmel gab.

Stimmt. Sie flog so schnell, daß man gar nicht merkte, *wie* schnell sie war. Und sie flog so hoch, daß man gar nicht feststellen konnte, wie weit sie sich über dem Boden befand. Es handelte sich um etwas, das einfach *geschah*. Außerdem: Die Concorde sah aus, als sei sie zum Fliegen geschaffen. Auf dem Boden wirkte sie irgendwo verloren.

Die Gänse hingegen schienen ebenso aerodynamisch zu sein wie ein Kissen. Sie rollten nicht gen Himmel und verspotteten die Wolken, so wie Flugzeuge. Statt dessen liefen sie übers Wasser, schlugen wild mit den Flügeln. Und wenn kein Zweifel mehr daran bestehen konnte, daß sie nie aufsteigen würden ... Dann hoben sie plötzlich ab. Das Wasser fiel fort, und man hörte nur noch das Knistern der Schwingen, die Gänse nach oben zogen.

Masklin hätte sofort zugegeben, daß er nichts von Jets, Motoren und Maschinen verstand. Vielleicht spürte er deshalb keine Unruhe, wenn er mit solchen Dingen reiste. Aber er wußte über Muskeln Bescheid, und der Umstand, daß ihn nur zwei große Muskeln in der Luft hielten, weckte Besorgnis in ihm.

Die drei Einwanderer — beziehungsweise Durchreisenden — teilten ihre Gänse mit jeweils einem Floridianer. Masklin hielt aufmerksam Ausschau, entdeckte jedoch keine Hinweise darauf, daß sein Begleiter steuerte. Das Steuern übernahm Strauch, die auf dem Hals der ersten Gans hockte.

Hinter ihr bildeten die anderen eine V-Formation.

Masklin duckte sich noch tiefer ins Gefieder. Es war recht bequem, wenn auch ein wenig kalt. Den Floridianern, so erfuhr er später, fiel es nicht schwer, auf fliegenden Gänsen zu schlafen. Allein diese Vorstellung reichte aus, um Masklin mit Alpträumen zu plagen.

Er sah lange genug auf, um zu beobachten, wie ferne Bäume viel zu schnell vorbeihuschten. Rasch steckte er den Kopf wieder unter die Federn.

»Wie lange dauert der Flug, *Ding*?« fragte er.

»*Ich schätze, wir erreichen das Startgelände etwa eine Stunde vor der Zündung des Shuttle-Triebwerks.*«

»Hältst du es für möglich, daß es dort etwas zu essen gibt?« Hoffnung erklang in Masklins Stimme.

»*Das kommt darauf an. Wenn Sie eine Mahlzeit in der Gesellschaft von Menschen einnehmen möchten ...*«

Masklin seufzte. »Hast du eine Idee, wie wir in das Shuttle-Ding gelangen können?«

»*Das ist praktisch unmöglich.*«

»Einen solchen Hinweis habe ich befürchtet.«

»*Aber Sie könnten MICH an Bord bringen*«, fuhr der schwarze Kasten fort.

»Und auf welche Weise? Sollen wir dich irgendwo daran festbinden?«

»*Nein. Es genügt, wenn Sie mich in die Nähe des Shuttles tragen. Den Rest erledige ich.*«

»Welchen Rest?«

»*Dann rufe ich das Schiff.*«

»Und wo *ist* das Schiff? Wenn Satelliten und so dagegengestoßen sind ...«

»*Es wartet.*«

»Manchmal bist du wirklich eine große Hilfe.«

»*Danke.*«

»Ich habe es ironisch gemeint.«

»*Das ist mir klar.*«

Neben Masklin raschelte etwas, und sein floridianischer Begleiter — der Junge, den er bei Strauch gesehen hatte — schob eine Feder beiseite. Er schwieg, starrte stumm zu Masklin und dem *Ding*. Schließlich lächelte er und sprach einige Worte.

»*Er möchte wissen, wie Sie sich fühlen.*«

»Gut«, log Masklin. »Ich fühle mich gut. Wie heißt er?«

»*Sein Name lautet Pion. Er ist Strauchs ältester Sohn.*«

Pions Lächeln wuchs in die Breite.

»*Er möchte mehr über Flugzeuge erfahren*«, sagte das *Ding*. »*Er meint, es sei sicher sehr aufregend, mit Flugzeugen zu fliegen. Die Floridianer sehen manchmal welche, halten sich jedoch von ihnen fern.*«

Die Gans kippte zur Seite. Masklin hielt sich nicht nur mit den Händen fest, sondern auch mit den Zehen.

»*Pion ist davon überzeugt, daß Flugzeuge viel aufregender sind als Gänse*«, fügte das *Ding* hinzu.

»Oh, ich weiß nicht«, erwiderte Masklin unsicher.

Die Landung war noch viel schlimmer als der Flug. Normalerweise fand sie auf dem Wasser statt, hörte Masklin später, aber diesmal wählte Strauch festen Boden. Das gefiel den Gänsen nicht sehr. Es bedeutete für sie, daß sie fast in der Luft *stehen* mußten, dabei besonders energisch mit den Flügeln schlugen. Die letzten Zentimeter ließen sie sich fallen.

»Der Boden!« schnaufte Angalo. »Er war so nahe! Und niemand schien darauf zu achten!«

Er sank auf die Knie.

»Und die Gänse schrien immer wieder«, ächzte er. »Und sie wackelten von einer Seite zur anderen. Und unter den Federn sind sie knubbelig!«

Masklin streckte die Arme, um verkrampfte Muskeln zu lockern.

Diese Landschaft unterschied sich kaum von der vor dem Flug. Es gab nur zwei Unterschiede: Die Vegetation war niedriger, und Masklin sah kein Wasser.

»*Strauch meint, näher können die Gänse nicht an den Startplatz heran*«, erklärte das *Ding*. »*Es ist viel zu gefährlich.*«

Die alte Floridianerin nickte und deutete zum Horizont.

Ein weißes Gebilde ragte dort auf.

»Das da?« fragte Masklin.

Und Angalo: »Das dort?«

»*Ja.*«

»Scheint nicht sehr groß zu sein«, kommentierte Gurder.

»Wir sind noch immer ein ganzes Stück davon entfernt«, erwiderte Masklin.

»Ich sehe Helikopter«, sagte Angalo. »Kein Wunder, daß Strauch nicht weiterfliegen wollte.«

»Wir müssen los«, drängte Masklin. »Uns bleibt noch eine Stunde, und ich schätze, die Zeit reicht gerade aus. Äh. Wir sollten uns jetzt besser von Strauch verabschieden. Übernimmst du das bitte, *Ding*? Sag ihr... Sag ihr, daß wir zurückkehren. Vielleicht. Nachher. Wenn alles gut läuft.«

»Wenn es überhaupt ein Nachher gibt«, schränkte Gurder ein. Er sah aus wie ein schlecht gewaschenes Tischtuch.

Das *Ding* übersetzte, und Strauch nickte, schob Pion nach vorn.

Der schwarze Kasten erläuterte die Absicht der alten Floridianerin.

»Was?« entfuhr es Masklin. »Wir können ihren Sohn nicht mitnehmen!«

»*Dieses Volk ermutigt die jungen Leute zu weiten Reisen. Pion ist erst vierzehn Monate alt und schon in Alaska gewesen.*«

»Sag seiner Mutter, daß wir nicht nach Ah-Laska unterwegs sind«, entgegnete Masklin. »Sag ihr, daß ihm eine Menge zustoßen könnte!«

Das *Ding* übersetzte.

»*Strauch ist sehr erfreut. Ihrer Meinung nach sollte ein heranwachsender Junge neue Erfahrungen anstreben.*«

»Was?« brachte Masklin verdutzt hervor. »Hast du alles richtig übersetzt?« fragte er argwöhnisch.

»*Ja.*«

»Hast du ihr gesagt, daß es gefährlich ist?«

»*Ja. Strauch meint, das Leben sei eine einzige große Gefahr.*«

»Aber vielleicht sterben wir!« platzte es aus Masklin heraus.

»*In dem Fall steigt Pion zum Himmel auf und wird ein Stern.*«

»Das glauben die Floridianer?«

»*Ja. Sie glauben, das Betriebssystem eines Noms beginnt als Gans. Wenn es eine gute Gans ist, wird daraus ein Nom. Und wenn ein guter Nom stirbt, so bringt ihn NASA zum Himmel, und dort leuchtet er fortan als Stern.*«

»Was ist ein Betriebssystem?« erkundigte sich Masklin. Typisch Religion. Wenn es um Religion ging, hatte er das Gefühl, überhaupt nichts mehr zu verstehen.

»*Ein Etwas im Innern, das einem mitteilt, was man ist*«, sagte das *Ding*.

»Es meint die Seele«, murmelte Gurder.

»Hab noch nie einen solchen Unsinn gehört«, behauptete Angalo fröhlich. »Jedenfalls nicht mehr seit der Zeit im Kaufhaus, als wir glaubten, uns nach dem Tod in Gartenstatuen zu verwandeln.« Er stieß Gurder in die Rippen.

Erstaunlicherweise reagierte der Abt nicht mit Zorn. Ganz im Gegenteil: Er wirkte traurig und niedergeschlagen.

»Soll der Junge ruhig mitkommen, wenn er möchte«, sagte Gurder. »Er hat die richtige Einstellung und erinnert mich an meine Jugend.«

»*Seine Mutter meint: Er kann jederzeit mit einer Gans zurückkehren, wenn er Heimweh bekommt*«, übersetzte das *Ding*.

Masklin öffnete den Mund — und klappte ihn wieder zu.

Manchmal kann man nichts sagen, weil es überhaupt nichts zu sagen gibt. Wenn man jemand anders etwas erklären wollte, so mußte man sich seiner Sache sicher sein und die Erfahrungswelt der anderen Person teilen. Masklin bezweifelte jedoch, ob derartige Gemeinsamkeiten zwischen ihm und Strauch existierten. Er überlegte, wie groß ihre Welt sein mochte. Wahrscheinlich viel größer, als er es sich vorstellen konnte — doch sie endete am Himmel.

»Na schön«, erwiderte er schließlich. »Aber wir müssen jetzt sofort aufbrechen. Wir haben keine Zeit für einen langen Abschied mit Trä ...«

Pion nickte seiner Mutter zu und trat neben Masklin, der sich verblüfft unterbrach. Selbst später, als er die Gänse-Nomen besser verstand, erschien es ihm seltsam, daß sie einfach so auseinandergingen, dabei sogar *fröhlich* waren. Entfernungen bedeuteten ihnen überhaupt nichts.

»Kommt«, brachte er hervor.

Gurder warf Haarknoten noch einen finsteren Blick zu. »Ich bedauere sehr, daß ich nicht mit ihm reden konnte«, brummte er. »Jedenfalls nicht *richtig*, meine ich.«

»Strauch hat ihn als einen recht anständigen Nom beschrieben«, erklärte Masklin. »Er ist nur stur.«

»So wie du, Gurder«, sagte Angalo.

»Ich bin nicht stur, sondern ...«, begann der Abt.

»Natürlich nicht«, entgegnete Masklin in einem beschwichtigenden Tonfall. »Kommt jetzt.«

Sie eilten durchs Gebüsch, das zwei- oder dreimal so hoch war wie sie selbst.

»Die Zeit reicht nicht aus«, schnaufte Gurder.

»Spar dir deinen Atem fürs Laufen«, riet ihm Angalo.

»Gibt es geräucherten Lachs an Bord von Shuttles?« fragte der Abt.

»Keine Ahnung«, antwortete Masklin und schob sich durch ein besonders dichtes Grasbüschel.

»Nein, bestimmt nicht«, erwiderte Angalo fest. »Ich habe in einem Buch darüber gelesen. Die Leute an Bord von Shuttles essen aus Tuben.«

Die Wichte setzten den Weg stumm fort und dachten darüber nach.

»Etwa Zahnpasta?« erkundigte sich Gurder nach einer Weile.

»Nein, keine Zahnpasta. *Natürlich* keine Zahnpasta. Ich bin mir *sicher,* daß damit keine Zahnpasta gemeint ist.«

»Was gibt es denn sonst in Tuben?«

Angalo überlegte.

»Klebstoff?« fragte er unsicher.

»Klingt nicht nach einer leckeren Mahlzeit. Zahnpasta und Klebstoff...«

»Den Fahrern der Shuttle-Jets scheint's zu gefallen«, sagte Angalo. »Ich hab ein Bild von ihnen gesehen, und darauf lächelten sie alle.«

»Vermutlich war es gar kein Lächeln«, spekulierte Gurder. »Sie versuchten nur, die zusammengeklebten Zähne voneinander zu lösen.«

»Nein, das verstehst du völlig falsch.« Angalo dachte schnell und konzentriert nach. »Die Shuttle-Fahrer müssen aus Tuben essen, weil... weil... Wegen der Gravitation.«

»Was ist mit der Gravitation?«

»Es existiert keine.«

»Keine was?«

»Keine Gravitation. Deshalb schwebt alles.«

»Es schwebt alles?« vergewisserte sich Gurder. »Wo?«

»In der Luft. Weil es nichts gibt, das die Sachen auf dem Teller festhält.«

»Oh.« Der Abt nickte. »Ich schätze, an dieser Stelle kommt der Klebstoff ins Spiel, nicht wahr?«

Masklin wußte, daß seine beiden Gefährten solche Gespräche stundenlang fortsetzen konnten. Die Geräusche bedeuteten folgendes: Ich lebe, und du ebenfalls. Und wir befürchten, daß wir nicht mehr lange leben, und deshalb reden wir miteinander — weil das immer noch besser ist, als darüber nachzudenken, was uns bald erwartet.

Es sah viel leichter und einfacher aus, als uns Tage und Wochen davon trennten, aber jetzt ...

»Wieviel Zeit haben wir noch, *Ding?*«

»*Vierzig Minuten.*«

»Wir müssen noch einmal rasten! Gurder läuft gar nicht mehr — er fällt horizontal.«

Im Schatten eines Busches sanken sie zu Boden. Das Shuttle wirkte nicht viel näher, aber jetzt konnten sie auch andere Aktivitäten beobachten. Es gab mehr Helikopter. Pion kletterte auf einen hohen Zweig und winkte aufgeregt — er sah Menschen in der Ferne.

»Ich kann die Augen kaum mehr offenhalten«, stöhnte Angalo.

»Hast du nicht auf der Gans geschlafen?« fragte Masklin.

»Nein. Du etwa?«

Angalo streckte sich aus. »Wie gelangen wir ins Shuttle?«

Masklin zuckte mit den Schultern. »Nun, das ist gar nicht nötig. Das *Ding* meinte, wir brauchen es nur daran zu befestigen.«

Angalo stemmte sich auf den Ellenbogen hoch. »Soll das heißen, wir fahren nicht mit dem Shuttle? Ich habe mich darauf gefreut!«

»Ich glaube, ein Shuttle-Jet ist ganz anders als ein Lastwagen«, erwiderte Masklin. »Wir können sicher nicht damit rechnen, irgendwo ein offenes Fenster zu finden, um ins Innere zu klettern. Und ich glaube, man benötigt mehr als nur viele Nomen und Schnüre, um es zu steuern.«

»Ach, als ich den Laster fuhr...«, sagte Angalo verträumt. »Es war die schönste Zeit meines Lebens. Wenn ich jetzt daran denke, daß ich viele Monate lang im Kaufhaus gelebt habe, ohne etwas vom Draußen zu ahnen...«

Masklin wartete höflich. Sein Kopf schien immer schwerer zu werden.

»Nun?« fragte er.

»Nun was?«

»Was passiert, wenn du daran denkst, daß du viele Monate lang im Kaufhaus gelebt hast, ohne etwas vom Draußen zu ahnen?«

»Es erscheint mir wie vergeudete Zeit. Weißt du, was ich machen werde, wenn wir nach Hause zurückkehren? Ich schreibe alles auf. Ich berichte von den Dingen, die wir gelernt haben. Wir hätten längst damit beginnen sollen, eigene Bücher zu schreiben und nicht nur die der Menschen zu lesen, die soviel Erfundenes enthalten. Ich meine keine Bücher wie Gurders *Buch der Nomen*, sondern *richtige*, über Wissenschaft und so...«

Masklin sah zu Gurder. Der Abt schwieg — er war bereits eingeschlafen.

Pion rollte sich zusammen und begann zu schnarchen. Angalos Stimme verklang, und er gähnte herzhaft.

Seit Stunden hatten sie nicht mehr geschlafen. Nomen schliefen hauptsächlich in der Nacht, aber sie konnten den langen Tag nicht ohne ein gelegentliches Nickerchen überstehen. Selbst Masklin döste allmählich ein.

»*Ding?*« murmelte er, bevor er der Müdigkeit nachgab. »Bitte weck mich in zehn Minuten.«

❖ 7 ❖

> SATELLITEN: Sie befinden sich im ALL und bleiben dort, weil sie sehr schnell sind — sie verharren nicht lange genug an einem Ort, um herunterzufallen. Das FERNSEHEN prallt von ihnen ab. Sie gehören zur WISSENSCHAFT.
>
> Aus: *Eine wissenschaftliche Enzyklopädie für den wißbegierigen jungen Nom* von Angalo Kurzwarenler

Masklin wurde nicht etwa vom *Ding* geweckt, sondern von Gurder.

Mit halb geschlossenen Augen blieb er liegen und lauschte. Der Abt sprach leise mit dem *Ding*.

»Ich habe ans Kaufhaus geglaubt«, sagte er. »Und dann stellte es sich als etwas heraus, das von Menschen erbaut wurde. Ich dachte, Enkel Richard sei eine ganz besondere Person, doch er erwies sich als Mensch, der singt, wenn Wasser auf ihn herabregnet ...«

»... *wenn er duscht* ...«

»Und es gibt Tausende von Nomen auf der Welt! Tausende! Und sie glauben an viele verschiedene Dinge! Der dumme Haarknoten ist davon überzeugt, daß die Shuttle-Jets den Himmel erschaffen. Weißt du, was ich dachte, als ich das hörte? Ich dachte: Wenn er in *meiner* Welt erschienen wäre und nicht umgekehrt — dann hätte er mich bestimmt für sehr dumm gehalten! Ich *bin* dumm. *Ding?*«

»*Ich halte es für besser, taktvoll zu schweigen.*«

»Angalo glaubt an Maschinen und so. Und Masklin glaubt an ... Oh, ich weiß nicht. Ans All. Oder vielleicht glaubt er an nichts. Für ihn scheint damit alles in bester Ordnung zu sein. Ich versuche, an *wichtige* Dinge zu glauben, aber sie bleiben nicht einmal fünf Minuten lang von Bestand. Ist das etwa gerecht?«

»*Ich begnüge mich an dieser Stelle auf die Fortsetzung des takt- und verständnisvollen Schweigens.*«

»Ich suche nur nach dem Sinn des Lebens.«

»*Ein lobenswertes Bestreben.*«

»Ich meine, welche tiefere *Wahrheit* liegt allem zugrunde?«

Eine kurze Pause. Dann summte das *Ding:* »*Ich erinnere mich an Ihr Gespräch mit Masklin, in dem es um den Ursprung der Nomen ging. Sie wollten mir eine entsprechende Frage stellen, und ich antworte nun darauf. Ich wurde erschaffen beziehungsweise hergestellt. Das weiß ich — es ist die Wahrheit. Ich bestehe aus Metall und Kunststoff. Aber ich bin auch etwas, das im Innern von Metall und Kunststoff lebt. Es ist unmöglich für mich, in dieser Hinsicht nicht völlig sicher zu sein. Das ist mir ein großer Trost. Was Nomen betrifft: Meine Daten lassen den Schluß zu, daß sich Ihr Volk auf einer anderen Welt entwickelte und vor Tausenden von Jahren hierherkam. Vielleicht stimmt das. Vielleicht auch nicht. Ich sehe mich außerstande, darüber zu urteilen.*«

»Im Kaufhaus war alles viel einfacher für mich«, sagte Gurder wie zu sich selbst. »Sogar im Steinbruch. Ich hatte ein Amt. Die Leute hielten mich für wichtig. Wie kann ich mit dem Wissen zurückkehren, daß meine Überzeugungen in bezug auf das Kaufhaus, Arnold Bros und Enkel Richard nur ... nur *Meinungen* sind?«

»*Leider bin ich nicht in der Lage, Ihnen einen Rat anzubieten.*«

Masklin wählte diesen Zeitpunkt für ein diplomatisches Erwachen. Er brummte laut genug, um sicher zu sein, daß Gurder ihn hörte.

Der Abt war ziemlich rot im Gesicht.

»Ich konnte nicht schlafen«, sagte er.

Masklin stand auf.

»Wieviel Zeit haben wir noch, *Ding?*«

»*Siebenundzwanzig Minuten.*«

»Warum hast du mich nicht geweckt?«

»*Ich wollte, daß Sie ausgeruht sind.*«

»Aber es ist noch immer weit bis zum Shuttle. Wir schaffen es nie, dich rechtzeitig daran festzubinden. He, wach auf.« Masklin stieß Angalo mit dem Fuß an. »Komm, wir müssen uns beeilen. Wo ist Pion? Oh, da bist du ja. *Komm*, Gurder.«

Erneut liefen sie durchs Gebüsch. In der Ferne erklang das dumpfe, klagende Heulen von Sirenen.

»Warum hast du zugelassen, daß es so knapp wird, Masklin?« jammerte Angalo.

»Schneller! Schneller!«

Sie näherten sich dem Startplatz, und Masklin sah zum Shuttle auf. Es befand sich sehr weit oben. Darunter, auf dem Boden, schien es kaum irgendwelche nützlichen Dinge zu geben.

»Ich hoffe, du hast einen guten Plan, *Ding*«, keuchte er, als die Nomen an Sträuchern vorbeirannten. »Weil ich dich nicht bis ganz nach oben bringen kann.«

»*Keine Sorge. Wir sind jetzt fast nahe genug.*«

»Wie meinst du das? Die Entfernung ist noch immer recht groß.«

»*Für mich ist sie gering genug, um die Raumfähre zu erreichen.*«

»Wie denn?« fragte Angalo. »Mit einem *weiten* Sprung?«

»*Bitte setzen Sie mich ab.*«

Masklin kam der Aufforderung nach und stellte das *Ding* auf den Boden. Es fuhr einige Sensoren aus, die sich langsam drehten und dann zum senkrecht stehenden — oder *hängenden* — Jet deuteten.

»Was soll das?« stieß Masklin hervor. »Du verschwendest *Zeit!*«

Gurder lachte, doch es klang nicht sehr glücklich.

»Ich weiß, was es vorhat«, sagte er. »Es will sich zum Shuttle schicken. Das stimmt doch, *Ding*, oder?«

»*Ich erweitere das Programm im Computer des Kommunikationssatelliten*«, erklärte der schwarze Kasten.

Die Nomen schwiegen.

»*Anders ausgedrückt: Ich verwandle den Satellitencomputer in einen Teil von mir. Wenn auch nicht in einen sehr intelligenten.*«

»Kannst du das wirklich?« fragte Angalo.

»*Ja.*«

»Donnerwetter. Und das Etwas, das du nun zum Shuttle schickst ... Wirst du es nicht vermissen?«

»*Nein. Weil es mich nicht verläßt.*«

»Du schickst es fort und behältst es gleichzeitig?«

»*In der Tat.*«

Angalo sah Masklin an. »Verstehst du das?«

»Ich verstehe es«, sagte Gurder. »Das *Ding* meint folgendes: Es ist nicht nur eine Maschine, sondern eine ... eine Ansammlung von elektrischen Gedanken, die in einer Maschine leben. Glaube ich.«

Lichter flackerten am schwarzen Kasten.

»Dauert es lange?« fragte Masklin.

»*Ja. Bitte beanspruchen Sie jetzt kein zusätzliches Kommunikationspotential.*«

»Ich nehme an, er möchte nicht gestört werden«, vermutete Gurder. »Er konzentriert sich.«

»Es«, korrigierte Angalo. »Es ist ein *es*. Und es hat dafür gesorgt, daß wir bis zu diesem Ort laufen — nur damit wir warten.«

»Wahrscheinlich muß es in der Nähe sein, um ... um sich zu schicken«, sagte Masklin.

»Wieviel Zeit bleibt uns?« erkundigte sich Angalo.

»Es ist eine Ewigkeit her, seit es noch siebenundzwanzig Minuten bis zum ... zum Start dauerte.«

»Mindestens siebenundzwanzig Minuten«, sagte Gurder.

»Ja. Vielleicht sogar noch mehr.«

Pion zupfte an Masklins Arm, zeigte mit der anderen Hand zum riesigen weißen Gebilde und zischte einige hastige Worte auf Floridianisch — oder auf Fast-ursprünglichem-Nomisch, wenn das *Ding* recht hatte.

»Ohne das *Ding* kann ich dich nicht verstehen«, erwiderte Masklin. »Tut mir leid.«

»Wir nicht sprechen Gänsisch«, sagte Angalo.

Panik kroch in die Züge des Jungen. Er rief jetzt und zog mit mehr Nachdruck an Masklins Arm.

»Ich glaube, er möchte nicht in der Nähe sein, wenn das Shuttle startet«, interpretierte Angalo das Gebaren des Floridianers. »Vielleicht fürchtet er sich vor dem Geräusch. Der — Lärm — gefällt — dir — nicht, oder?«

Pion nickte mehrmals.

»Die Jets auf dem Flugplatz hörten sich eigentlich nicht sehr schlimm an«, fuhr Angalo fort. »Eine Art Grollen. Aber primitiven Leuten jagt so etwas sicher einen gehörigen Schrecken ein.«

»Ich halte Strauchs Volk nicht für sehr primitiv«, sagte Masklin nachdenklich. Er sah zum weißen Turm. Vorher hatte er den Eindruck erweckt, noch immer sehr weit entfernt zu sein, aber in gewisser Weise war er auch nahe.

Sogar sehr nahe.

»Wie sicher ist es hier?« überlegte er laut. »Ich meine, wenn das Shuttle zum Himmel fliegt?«

»Oh, ich *bitte* dich«, entgegnete Angalo. »Das *Ding* hätte uns wohl kaum zu diesem Ort gebracht, wenn es hier für Nomen nicht sicher wäre.«

»Ja, natürlich«, murmelte Masklin. »Völlig klar. Du hast recht. Wie dumm, sich deshalb Sorgen zu machen.«

Pion wirbelte um die eigene Achse und lief.

Die drei übrigen Wichte blickten zum Shuttle-Jet, während die Lichter am *Ding* komplexe Muster formten.

Irgendwo heulte eine andere Sirene. Kraft vibrierte — als spannte sich die größte Feder auf der ganzen Welt.

Als Masklin sprach, hatten seine beiden Begleiter das Gefühl, ihre eigenen Gedanken zu hören.

»Wie gut kann das *Ding* beurteilen, welche Entfernung für Nomen beim Start eines Shuttles sicher ist?« fragte er langsam. »Ich meine, welche Erfahrungen hat es in diesem Zusammenhang?«

Sie musterten sich gegenseitig.

»Vielleicht sollten wir ein wenig zurückweichen...«, schlug Gurder vor.

Sie drehten sich um und wanderten fort.

Kurz darauf bemerkten sie, daß die anderen schneller gingen.

Schneller und immer schneller.

Dann konnten sie sich nicht mehr zurückhalten und stürmten los, bahnten sich einen Weg durch Gras und Gebüsch. Sie stolperten über Steine, sprangen wieder auf und rannten weiter, mit Ellenbogen, die sich wie Kolben hoben und senkten. Gurder geriet normalerweise außer Atem, wenn er sich schneller bewegte als bei einem gemütlichen Spaziergang, doch diesmal flog er wie ein Ballon.

»Hast...du...eine...Ahnung...wie...nahe...« keuchte Angalo.

Das Geräusch hinter ihnen begann als Zischen, und es hörte sich an, als holte die Welt tief Luft. Es wurde ein Fauchen daraus, und...

Und das Fauchen verwandelte sich nicht in Lärm, sondern eher in einen unsichtbaren Hammer, der auf beide Ohren schlug.

❖ 8 ❖

> ALL: Es gibt zwei Arten des Alls. Die erste a) enthält nichts, und die zweite b) besteht aus einem Nichts, das alles enthält. So etwas bleibt übrig, wenn man überhaupt nichts mehr hat. Im ALL existiert weder Luft noch Gravitation, die Dinge an Dingen festhält. Wenn es kein ALL gäbe, befände sich alles an einem Ort. Das ALL ist die Heimat von SATELLITEN, SHUTTLES, PLANETEN und des SCHIFFES.
>
> Aus: *Eine wissenschaftliche Enzyklopädie für den wißbegierigen jungen Nom* von Angalo Kurzwarenler

Nach einer Weile, als der Boden nicht mehr bebte, standen die Wichte auf und starrten sich benommen an.

»   !« sagte Gurder.

»Wie bitte?« krächzte Masklin. Seine Stimme war dumpf und kam wie aus weiter Ferne.

»   ?« fragte Gurder.

»   ?« erwiderte Angalo.

»Was? Ich höre euch nicht! Könnt ihr *mich* verstehen?«

»   ?«

Masklin sah, wie sich Gurders Lippen bewegten. Er deutete auf seine Ohren und schüttelte den Kopf.

»Sind wir taub?«

»   ?«

»   ?«

»Taub, habe ich gesagt.« Masklin sah auf.

Rauch wogte über ihm, und daraus hervor wuchs eine Wolke, an der es oben brannte. Immer weiter streckte sie sich dem Himmel entgegen, mit einer selbst für

Nomen beeindruckenden Geschwindigkeit. Aus dem Geräusch wurde etwas, das nur noch sehr laut war und kurze Zeit später verklang.

Masklin steckte sich einen Finger ins Ohr und drehte ihn.

Der Abwesenheit von Lärm folgte das schreckliche Zischen der Stille.

»Hört mich jemand?« fragte er schließlich. »Versteht jemand, was ich sage?«

»Das war ziemlich laut«, brummte Angalo undeutlich und mit erstaunlicher Ruhe. »Ich glaube kaum, daß irgend etwas viel lauter sein kann.«

Masklin nickte. Er fühlte sich wie durch die Mangel gedreht.

»Du weißt über solche Sachen Bescheid, Angalo«, brachte er hervor. »Menschen reiten auf den Wolkentürmen, nicht wahr?«

»Ja. Ganz oben.«

»Und niemand zwingt sie dazu?«

»Äh, nein, ich glaube nicht«, erwiderte Angalo. »In dem Buch stand, daß sich viele Menschen *wünschen*, mit einem Shuttle zu fliegen.«

»Sie *wünschen* es sich?«

Angalo zuckte mit den Achseln. »Das habe ich gelesen.«

Die Raumfähre war jetzt nur noch ein ferner Punkt an einer breiter werdenden Wolke aus weißem Rauch.

Masklin beobachtete ihn.

Wir müssen verrückt sein, dachte er. Wir sind klein, und es ist eine große Welt, und wir verweilen nie lange genug an einem Ort, um mehr über ihn herauszufinden, bevor wir zum nächsten eilen. Damals, als wir noch in einem Loch lebten, in einer kleiner Höhle ... Wenigstens wußte ich alles über das Leben in einem Loch. Jetzt, ein Jahr später, befinde ich mich an einem so weit entfernten Ort, daß ich nicht einmal weiß, wie weit er entfernt ist. Ich sehe etwas, das ich nicht verstehe und bald so hoch über dem Boden sein wird, daß es gar kein

Unten mehr gibt. Und ich kann nicht zurück. Ich muß den eingeschlagenen Weg fortsetzen, wohin auch immer er mich führen mag — weil ich nicht zurückkehren kann. Ich bin nicht einmal imstande, einfach stehenzubleiben.

Das hat Grimma gemeint, als sie von den Fröschen erzählte. Sobald man gewisse Dinge kennt, ist man ein ganz anderer Nom. Ob es einem gefällt oder nicht.

Masklin senkte den Blick. Etwas fehlte.

Das *Ding*...

Er lief in die Richtung, aus der sie gekommen waren.

Der schwarze Kasten lag noch immer auf dem Boden. Es ragten nun keine kleinen Stangen mehr daraus hervor, und nirgends blinkten Lichter.

»*Ding?*« fragte er unsicher.

An einer Stelle bemerkte Masklin ein mattes rotes Glühen. Trotz der Wärme spürte er, wie es ihm kalt über den Rücken lief.

»Ist alles in Ordnung mit dir?«

»*Zu schnell*«, lautete die leise Antwort. »*Nicht genug Energ...*«

»Energ?« wiederholte Masklin. Er wagte kaum darüber nachzudenken, warum das letzte Wort wie ein Stöhnen geklungen hatte.

Das rote Licht trübte sich.

»*Ding? Ding?*« Er klopfte vorsichtig an den Kasten. »Hat es geklappt? Ist das Schiff hierher unterwegs? Was sollen wir jetzt unternehmen? Wach auf, *Ding!*«

Das Licht ging aus.

Masklin hob den schwarzen Kasten hoch, drehte ihn hin und her.

»*Ding?*«

Angalo und Gurder eilten zu ihm, dichtauf gefolgt von Pion.

»Hat's geklappt?« fragte Angalo. »Sehe nirgends ein Schiff.«

Masklin drehte sich zu ihnen um.

»Das *Ding* funktioniert nicht mehr«, sagte er.

»Es funktioniert nicht mehr?«

»Es glühen keine Lichter mehr daran!«

»Und was bedeutet das?« Angalos Gesicht verriet zunehmende Besorgnis.

»Ich weiß es nicht!«

»Ist es tot?« erkundigte sich Gurder.

»Es *kann* nicht sterben! Es existiert schon seit Tausenden von Jahren!«

Gurder schüttelte den Kopf. »Ein guter Grund, um zu sterben.«

»Aber es ist ein, ein *Ding!*«

Angalo setzte sich und schlang die Arme um die Knie.

»Hat es alles geregelt? Kommt das Schiff?«

»Schert ihr euch überhaupt nicht darum? Es hat kein Energ mehr!«

»Energ?«

»Damit ist vermutlich Elektrizität gemeint. Das *Ding* saugt sie aus Drähten und so. Und ich glaube, es kann sie auch aufbewahren. Aber jetzt hat es keine mehr.«

Sie starrten auf den Kasten. Über Jahrtausende hinweg war er von Nom zu Nom weitergereicht worden — ohne ein Wort zu sagen, ohne mit einem Licht zu blinken. Erst im Kaufhaus war er erwacht, in der Nähe von Elektrizität.

»Es ist irgendwie unheimlich, wenn das *Ding* einfach nur daliegt«, sagte Angalo.

»Wir sollten ihm neue Elektrizität beschaffen«, meinte Gurder.

»Hier?« entfuhr es Angalo. »Hier gibt es nichts Elektrisches! Wir sind mitten im Nichts!«

Masklin stand auf, blickte sich um und sah einige Gebäude in der Ferne. Fahrzeuge bewegten sich dort.

»Und das *Schiff?*« drängte Angalo. »Kommt es jetzt hierher?«

»Ich weiß nicht.«

»Wie soll es uns finden?«

»Ich weiß nicht.«

»Wer fährt es?«

»Ich weiß ni ...« Masklin unterbrach sich entsetzt. »Niemand! Ich meine, wer *könnte* es fahren? Seit Jahrtausenden befindet sich niemand an Bord!«

»Und wer wollte es zu uns bringen?«

»Ich weiß nicht. Vielleicht das *Ding*.«

»Soll das heißen, das Schiff ist hierher unterwegs, und niemand fährt es?«

»Ja! Nein! Keine Ahnung!«

Angalo neigte den Kopf nach hinten und beobachtete den blauen Himmel.

»Oh, Donnerwetter«, murmelte er ganz niedergeschlagen.

»Wir müssen Elektrizität für das *Ding* finden«, sagte Masklin. »Selbst wenn es ihm gelang, das Schiff zu rufen — das nützt uns kaum etwas, solange das Schiff nicht weiß, wo wir sind.«

»*Wenn* es ihm gelang, das Schiff zu rufen«, betonte Gurder. »Vielleicht ist dem *Ding* vorher das Energ-Etwas ausgegangen.«

»Vielleicht«, räumte Masklin ein. »Vielleicht auch nicht. Nun, wir müssen ihm helfen. Es bedrückt mich, das *Ding* so hilflos zu sehen.«

Pion war im Gebüsch verschwunden und kehrte mit einer Eidechse zurück.

»Ah«, sagte Gurder ohne große Begeisterung. »Da kommt das Essen.«

»Wenn das *Ding* für uns übersetzen würde ...«, begann Angalo. »Dann hätten wir die Möglichkeit, Pion darauf hinzuweisen, daß man Eidechsenfleisch nach einer Weile satt haben kann.«

»Nach etwa zwei Sekunden«, fügte Gurder hinzu.

»Kommt«, sagte Masklin müde. »Ich schlage vor, wir setzen uns irgendwo in den Schatten und lassen uns einen neuen Plan einfallen.«

»Oh, einen Plan«, knurrte Gurder. Er schien so etwas

für noch schlimmer zu halten als Eidechsenfleisch. »Ich mag Pläne.«

Nach der — nicht besonders schmackhaften — Mahlzeit streckten sie sich auf dem Boden aus und sahen zum Himmel hoch. Der kurze Schlaf auf dem Weg zum Startplatz genügte nicht. Es fiel den Wichten leicht, erneut einzudösen.

»Die Floridianer haben es wirklich gut«, sagte Gurder schläfrig. »Bei uns zu Hause ist es kalt, aber hier sorgt die Heizung für genau die richtige Temperatur.«

»Es liegt nicht an irgendeiner Heizung, begreif das doch endlich«, erwiderte Angalo. Er hielt nach den ersten Anzeichen eines zur Landung ansetzenden Schiffes Ausschau. »Und der Wind geht auch nicht auf eine Klimaanlage zurück. Die Wärme wird von der Sonne erzeugt.«

»Ich dachte, sie sei zur Beleuchtung da«, grummelte Gurder.

»Licht und Wärme — beides kommt von der Sonne«, sagte Angalo. »Ich hab's in einem Buch gelesen. Sie ist ein riesiger Feuerball, größer als die Welt.«

Gurder blickte argwöhnisch zur Sonne.

»Tatsächlich? Und was hält sie am Himmel?«

»Nichts. Sie hängt einfach da.«

Gurder beobachtete die Sonne eine Zeitlang.

»Ist das allgemein bekannt?« fragte er.

»Ich glaube schon. Es stand in dem Buch.«

»Und jeder kann es lesen? Das finde ich unverantwortlich. Sicher beunruhigt es die Leute, von solchen Sachen zu erfahren.«

»Masklin meint, dort oben gibt es Tausende von Sonnen.«

Der Abt schniefte. »Ja, er hat mir davon erzählt. Man nennt es Glaxis oder so. Ich persönlich bin dagegen.«

Angalo lachte leise.

»Ich weiß gar nicht, was du daran so komisch findest«, ärgerte sich Gurder.

»Sag's ihm, Masklin.«

»Für dich ist alles in Ordnung«, fuhr der Abt fort. »Du möchtest nur mit irgendwelchen Dingen schnell fahren. *Mir* geht es darum, sie zu *verstehen*. Vielleicht *gibt* es dort oben Tausende von Sonnen. Aber *warum?*«

»Das spielt doch gar keine Rolle«, entgegnete Angalo müde.

»Alles *andere* ist unwichtig. Habe ich recht, Masklin?«

Die beiden Wichte sahen zu Masklin.

Beziehungsweise dorthin, wo er bis eben gesessen hatte.

Masklin war nicht mehr da.

Jenseits des Himmels befand sich ein Ort, den das *Ding* Universum genannt hatte. Angeblich enthielt das Universum alles und nichts. Außerdem: Es gab dort weniger Alles und viel mehr Nichts, als sich jemand vorstellen konnte.

Zum Beispiel heißt es oft, der Himmel sei voller Sterne. Das stimmt nicht. Der Himmel ist voller Himmel. Er erstreckt sich endlos, und im Vergleich mit einer so gewaltigen Endlosigkeit erscheint die Anzahl der Sterne gering.

Deshalb ist es erstaunlich, daß sie so eindrucksvoll erscheinen.

Tausende von ihnen blickten nun nach unten, als etwas Rundes und Glänzendes die Erde umkreiste.

An der einen Seite des Objekts stand ›Arnsat-1‹, was einer Verschwendung von Farbe gleichkam, weil die Sterne nicht lesen können.

Es entfaltete eine silbergraue, schüsselförmige Antenne.

Eigentlich hätte sich der Satellit jetzt dem Planeten zuwenden sollen, um alte Filme und neue Nachrichten zu senden.

Doch das kam ihm nicht in den Sinn. Er gehorchte speziellen Anweisungen.

Gas zischte aus Düsen, als sich der Kommunikationssatellit drehte und nach einem neuen Ziel suchte.

Unterdessen entstand eine ziemliche Unruhe auf der Erde. Viele Leute im Alte-Filme- und Neue-Nachrichten-Geschäft schrien sich gegenseitig an, wobei die meisten von ihnen Telefone benutzten. Einige andere trachteten verzweifelt danach, dem Satelliten Befehle zu übermitteln.

Er achtete nicht darauf und lauschte einer anderen Stimme.

Masklin stürmte durchs Gebüsch. *Gurder und Angalo würden sich nur darüber zanken*, dachte er. *Ich muß sofort handeln, denn bestimmt bleibt uns nicht viel Zeit.*

Er war jetzt wieder allein, zum erstenmal seit jenen Tagen, als er im Loch gelebt hatte und ohne Gefährten auf die Jagd gegangen war, um Nahrung für die Alten zu besorgen.

Ist es damals besser gewesen? fragte er sich. *Nun, besser nicht, aber einfacher. Man mußte sich nur bemühen zu essen, ohne selbst gefressen zu werden. Es grenzte schon an einen Triumph, von morgens bis abends zu überleben. Alles war schlecht, aber auf eine Art und Weise, die Nomen verstehen — eine Schlechtheit im nomischen Maßstab.*

Damals endete die Welt an der Autobahn auf der einen Seite und an Wald hinterm Feld auf der anderen. Jetzt gab es überhaupt keine Grenzen mehr — dafür aber viel mehr Probleme.

Wenigstens wußte Masklin, wo er nach Elektrizität suchen mußte. Man fand sie in der Nähe von Gebäuden mit Menschen drin.

Vor ihm wichen die Sträucher beiseite, und der Nom erreichte einen Weg. Er lief weiter, noch schneller als vorher. Wenn man dem Verlauf eines Weges folgte, begegnete man früher oder später Menschen ...

Masklin hörte Schritte hinter sich, drehte den Kopf und sah Pion. Der junge Floridianer lächelte besorgt.

»Fort mit dir!« rief Masklin. »Warum folgst du mir? Kehr zu den anderen zurück!«

Pion wirkte verletzt. Er deutete über den Weg und sprach einige Worte.

»Ich verstehe dich nicht!« erwiderte Masklin.

Der Floridianer hob die Hand hoch über den Kopf.

»Menschen?« vermutete Masklin. »Ja, ich weiß. Darum geht es mir ja. Kehr zurück!«

Pion sagte noch etwas.

Masklin deutete auf das *Ding*. »Sprechender Kasten stumm jetzt«, entgegnete er hilflos. »Meine Güte, was rede ich da für einen Unfug? Sicher ist er mindestens so intelligent wie ich. Geh fort, zu den anderen.«

Er drehte sich um und rannte wieder los. Nach einigen Schritten blickte er über die Schulter und stellte fest, daß Pion ihm nachsah.

Wieviel Zeit habe ich noch? dachte Masklin. Das Schiff flog sehr schnell, wußte er vom *Ding*. Es konnte praktisch jeden Augenblick eintreffen. Oder vielleicht kam es gar nicht ...

Ja, vielleicht ist das Schiff überhaupt nicht hierher unterwegs.

Wenn das stimmt ..., überlegte er. *Dann mache ich jetzt den größten und dümmsten Fehler in der ganzen nomischen Geschichte.*

Er trat auf eine große Kiesfläche. Ein Wagen parkte dort, und auf der einen Seite stand der Name des floridianischen Gottes: NASA. Daneben standen zwei Menschen und beugten sich über ein Gerät, das auf einem Stativ ruhte.

Sie bemerkten Masklin nicht. Mit klopfendem Herzen näherte er sich ihnen.

Er legte das *Ding* auf den Boden.

Er wölbte die Hände trichterförmig vor dem Mund.

Er rief so laut wie möglich.

»He, ihr da! He, ihr Men-schen!«

»*Wie* bitte?« entfuhr es Angalo.

Pion wiederholte seine Gesten.

»Er hat sich *Menschen* gezeigt?« vergewisserte sich Angalo. »Und er hat sie in einem Ding mit *Rädern* begleitet?«

»Ich habe den Motor eines Lastwagens gehört«, warf Gurder ein.

Angalo schlug mit der Faust auf die flache Hand.

»Er war sehr besorgt, wegen des *Dings*«, sagte er. »Er wollte Elektrizität suchen!«

»Aber bestimmt sind wir viele Meilen und Kilometer von den nächsten Gebäuden entfernt«, gab der Abt zu bedenken.

»Das hängt davon ab, welche Richtung man einschlägt«, brummte Angalo.

»Ich *wußte*, daß es dazu kommen würde!« stöhnte Gurder. »Sich Menschen zu zeigen ... Im Kaufhaus haben wir das immer vermieden. Was *unternehmen* wir jetzt?«

Bis jetzt läuft alles ganz gut, dachte Masklin.

Zunächst hatten die Menschen gar nicht gewußt, was sie mit ihm anfangen sollten. Sie waren sogar erschrocken von ihm zurückgewichen! Dann eilte einer von ihnen zum Laster und sprach in eine Maschine, die an einer Schnur hing. *Wahrscheinlich ein Telefon*, vermutete Masklin, stolz auf sein Wissen.

Er rührte sich nicht von der Stelle, und schließlich legte der Mensch am Lastwagen das Telefon beiseite, griff statt dessen nach einem Karton und schlich dem Nom so vorsichtig entgegen, als rechnete er damit, daß die kleine Gestalt jederzeit explodieren konnte. Als Masklin winkte, zuckte er heftig zusammen.

Der andere Mensch sagte etwas, und die Schachtel wurde vorsichtig einen halben Meter vor dem Wicht abgesetzt.

Beide Menschen beobachteten ihn erwartungsvoll.

Masklin lächelte, um sie zu beruhigen, kletterte in den Karton und winkte noch einmal.

Daraufhin bückte sich einer der Menschen und hob die Schachtel so vorsichtig hoch, als sei der Wicht darin ebenso kostbar wie zerbrechlich. Er trug sie zum Laster, stieg ein, und ließ den Karton ganz behutsam auf seine Knie sinken. Es knackte im Lautsprecher eines Radios, und dumpfe Menschenstimmen erklangen.

Nun, jetzt gibt es kein Zurück mehr, dachte Masklin und entspannte sich ein wenig. Er beschloß, in seinen gegenwärtigen Erfahrungen einen weiteren Schritt auf dem Bürgersteig des Lebens zu sehen.

Die Menschen starrten so auf ihn herab, als trauten sie ihren Augen nicht.

Der Laster rollte über den Kies, und nach einer Weile gelangte er zu einer Asphaltstraße, wo ein anderes Fahrzeug stand. Ein Mensch stieg aus, sprach mit dem Fahrer des Lastwagens, lachte — bei Menschen klang es fast wie Gewittergrollen —, sah Masklin und verstummte abrupt.

Er *lief* zum Auto zurück und sprach in ein anderes Telefon.

Ich wußte es, fuhr es Masklin durch den Sinn. *Sie wissen nicht, was sie von einem Nom halten sollen. Erstaunlich.*

Wie dem auch sei: Wichtig ist nur, daß sie mich zu einem Ort bringen, wo es die richtige Art von Elektrizität gibt ...

Der Ingenieur Dorcas hatte einmal versucht, Masklin die Elektrizität zu erklären. Allerdings erzielte er dabei keinen großen Erfolg, weil er in dieser Hinsicht selbst nicht ganz sicher war. Offenbar existierten zwei Arten: gerade und wellenförmige. Die gerade schien recht langweilig zu sein und blieb in Batterien. Die wellenförmige verbarg sich in Drähten und Kabeln und so — das *Ding* konnte einen Teil davon stehlen, wenn es sich in der Nähe befand. Dorcas sprach mit der gleichen Ehrfurcht über wellenförmige Elektrizität wie Gurder über Arnold Bros (gegr. 1905). Im Kaufhaus hatte er sich bemüht, sie genau zu untersuchen. Wenn man sie in Kühlschränke leitete, wurden die Dinge darin kalt. Doch in Backöfen sorgte die gleiche Elektrizität für Hitze, woraus sich die Frage ergab: Woher wußte sie, was man von ihr erwartete?

Dorcas..., dachte Masklin. *Ich hoffe, es geht ihm gut. Ihn und den anderen. Auch Grimma.*

Er fühlte eine sonderbare Mischung aus Benommenheit und Zuversicht. Tief in ihm erklärte eine flüsternde Stimme: Du empfindest auf diese Weise, um dich daran zu hindern, über deine Situation nachzudenken; andernfalls würdest du in Panik geraten.

Lächeln, immer lächeln.

Der Lastwagen schnurrte über die Straße, und das Auto folgte ihm. Masklin sah ein drittes Fahrzeug, das von der Seite kam und sich den beiden anderen anschloß. Viele Menschen saßen in ihm, und die meisten von ihnen beobachteten den Himmel.

Sie hielten nicht am nächsten Gebäude, sondern fuhren weiter, zu einem größeren, vor dem zahlreiche Wagen parkten. Außerdem standen dort Dutzende von Menschen.

Einer von ihnen öffnete die Tür des Lasters, noch langsamer als sonst.

Masklin blickte zu ungläubig starrenden Gesichtern empor. Er betrachtete Augen und Nasenlöcher. Alle wirkten besorgt. Zumindest die Augen. Was die Löcher in den Nasen betraf... Sie sahen wie ganz normale Nasenlöcher aus.

Die Besorgnis galt ihm.

Lächeln, lächeln.

Masklin starrte auch weiterhin nach oben, und die unterdrückte Panik hätte ihn fast zu einem lauten Kichern veranlaßt, als er fragte: »Kann ich Ihnen irgendwie helfen, Gentleman?«

❖ 9 ❖

> WISSENSCHAFT: Eine Möglichkeit, um Dinge herauszufinden und sie funktionieren zu lassen. Die Wissenschaft erklärt, was die ganze Zeit über um uns herum geschieht, ebenso wie die RELIGION. Doch die Wissenschaft ist besser, weil sie glaubwürdigere Ausreden bietet, wenn etwas nicht klappt. Es gibt viel mehr Wissenschaft, als man glaubt.
>
> Aus: *Eine wissenschaftliche Enzyklopädie für den wißbegierigen jungen Nom* von Angalo Kurzwarenler

Gurder, Angalo und Pion hockten im Schatten eines großen Busches. Über ihnen schwebte eine dichte Wolke des Kummers.

»Ohne das *Ding* können wir nicht nach Hause zurück«, sagte der Abt.

»Wenn das stimmt, müssen wir Masklin befreien«, erwiderte Angalo.

»Es dauert sicher eine Ewigkeit!«

»Na und? Fast ebensoviel Zeit steht uns hier bevor, wenn wir nicht nach Hause zurückkehren können.«

Angalo hatte einen Kieselstein gefunden, genau in der richtigen Größe, um mit einigen von seiner Jacke abgerissenen Stoffstreifen an einem Zweig befestigt zu werden. Über Steinäxte wußte er kaum Bescheid, aber er war davon überzeugt, daß es sich lohnte, Steine an Zweigen festzubinden. Solche Gegenstände mochten sich als recht nützlich erweisen.

»Hör endlich auf, an dem Ding herumzufummeln«, brummte Gurder. »Wie lautet dein Plan? Wir gegen Floridia?«

»Nicht unbedingt. Außerdem: Niemand verlangt von dir, mich zu begleiten.«

»Beruhig dich, Herr Retter. Ein Idiot genügt uns.«

»Ich warte noch immer auf eine bessere Idee von dir.« Angalo hob die Axt, schlug damit auf einen unsichtbaren Gegner ein.

»Ich ebenfalls.«

Ein kleines rotes Licht blinkte am *Ding.*

Einige Sekunden später bildete sich ein quadratisches Loch im schwarzen Kasten, und eine kleine Linse glitt daraus hervor. Sie drehte sich langsam.

Dann sprach das *Ding.*

»*Wo sind wir hier?*« fragte es.

Die Linse neigte sich nach oben, dem Gesicht des herabstarrenden Menschen entgegen.

»*Und warum?*« fügte das *Ding* hinzu.

»Ich weiß nicht genau«, antwortete Masklin. »Wir befinden uns im Zimmer eines großen Gebäudes. Die Menschen haben mir kein Leid zugefügt. Ich glaube, einer von ihnen hat versucht, mit mir zu reden.«

»*Offenbar umgibt uns eine Art Glaskasten*«, sagte das *Ding.*

»Sie gaben mir sogar ein kleines Bett«, erzählte Masklin. »Und das Etwas dort scheint eine Toilette zu sein. Aber ... was ist mit dem Schiff?«

»*Ich nehme an, es ist unterwegs*«, erwiderte das *Ding* ruhig.

»Du nimmst es an? Du *nimmst* es *an*? Mit anderen Worten: Du weißt es nicht?«

»*Dies und jenes könnte schiefgegangen sein. Wenn das nicht der Fall ist, wird das Schiff bald eintreffen.*«

»Aber wenn dies und jenes schiefging — dann sitze ich hier für den Rest meines Lebens fest!« sagte Masklin bitter. »Ich bin wegen dir hierhergekommen, weißt du ...«

»*Ja, ich weiß. Danke.*«

Masklin seufzte.

»Eigentlich sind die Menschen recht freundlich«, fuhr er fort. Er dachte darüber nach. »So scheint es jedenfalls. Ich bin nicht ganz sicher.

Er blickte durch die transparente Wand. Während der letzten Minuten hatten sich viele Menschen dem Glaskasten genähert, um ihn zu beobachten. Er fragte sich, ob er ein Ehrengast oder ein Gefangener war — oder vielleicht etwas dazwischen.

»Ich *mußte* Elektrizität für dich suchen«, murmelte Masklin. »Es schien die einzige Hoffnung für uns zu sein.«

»*Ich analysiere Kommunikationssignale.*«

»Das machst du dauernd.«

»*Viele von ihnen betreffen Sie. Alle Arten von sogenannten Experten kommen hierher, um Sie zu sehen.*«

»Was für Experten? Spezialisten für Nomen?«

»*Spezialisten für extraterrestrische Wesen. Die Menschen sind noch nie Außerirdischen begegnet, aber sie haben trotzdem Fachleute, die darauf spezialisiert sind, mit ihnen zu sprechen.*«

»Ich hoffe, es klappt alles«, sagte Masklin ernst. »Jetzt wissen die Menschen, daß wir Nomen existieren.«

»*Aber sie wissen nicht, was Nomen sind. Die Menschen glauben, daß Sie sich erst seit kurzer Zeit hier aufhalten.*«

»Das stimmt auch.«

»*Ich meine, nicht hier in diesem Zimmer, sondern auf dem Planeten. Die Menschen glauben, Sie sind aus dem All gekommen, von den Sternen.*«

»Aber wir *leben* auf dieser Welt, schon seit vielen tausend Jahren!«

»*Es fällt den Menschen leichter, an kleine Leute aus dem Weltraum zu glauben als an kleine Leute auf der Erde. Grüne Männchen sind ihnen vertrauter als Gnomen — beziehungsweise Nomen.*«

Masklin runzelte die Stirn. »Ich verstehe kein Wort.«

»*Seien Sie unbesorgt. Es ist nicht weiter wichtig.*« Das *Ding* drehte die Linse, um auch die anderen Bereiche des Zimmers zu sehen.

»*Hübsch*«, kommentierte es. »*Sehr wissenschaftlich.*«

Dann betrachtete es ein langes Kunststofftablett neben Masklin.

»*Was ist das?*«

»Oh, Obst, Nüsse, Fleisch und so. Wahrscheinlich wollen die Menschen feststellen, was ich esse. Ich glaube, die hiesigen Exemplare sind recht intelligent. Ich habe auf meinen Mund gezeigt, und sie verstanden sofort, daß ich Hunger hatte.«

»*Ah*«, sagte das *Ding*. »*Take me to your larder — bringt mich zu eurer Speisekammer.*«

»Bitte?«

»*Ich erkläre es Ihnen. Habe ich bereits darauf hingewiesen, daß ich Kommunikationssignale analysiere.*«

»Ja. Eine deiner Lieblingsbeschäftigungen.«

»*Es handelt sich um einen Witz. Besser gesagt: um eine humorvolle Anekdote oder Geschichte, die Menschen geläufig ist. Sie betrifft ein Raumschiff von einer anderen Welt, das auf diesem Planeten landet. Seltsame Geschöpfe steigen aus, wenden sich an Zapfsäulen, Mülltonnen, Münzautomaten oder ähnliche Objekte und sagen: ›Bringt uns zu eurem Anführer.‹ Diesem Verhalten liegt vermutlich Unkenntnis in bezug auf die Gestalt der Menschen zugrunde. Ich habe den englischen Begriff ›leader‹ — Anführer — durch das ähnlich klingende Wort ›larder‹ — Speisekammer — ersetzt. Damit ist ein Ort gemeint, wo Lebensmittel aufbewahrt werden. Menschen lieben solche Scherze.*«

Der schwarze Kasten schwieg.

»Oh«, sagte Masklin nach einer Weile. Er dachte darüber nach. »Und die ›seltsamen Geschöpfe‹ sind jene grünen Männchen, die du vorhin erwähnt hast?«

»*Ja ... Einen Augenblick. Einen Augenblick.*«

»Was ist denn? Was ist denn?« fragte Masklin aufgeregt.

»*Ich höre das Schiff.*«

Masklin lauschte aufmerksam.

»Ich höre überhaupt nichts.«

»*Es sind keine Geräusche, sondern Funksignale.*«

»Wo ist es? Wo ist es, *Ding*? Du hast immer gesagt, es sei irgendwo dort oben, aber *wo*?«

Die übriggebliebenen Frösche krochen übers Moos, um der heißen Nachmittagssonne zu entkommen.

Tief am östlichen Horizont zeigte sich weißer Glanz.

Es wäre nett sich vorzustellen, daß es bei den Fröschen Legenden darüber gab. Es wäre nett sich vorzustellen, daß sie Sonne und Mond für ferne Blumen hielten — eine gelbe am Tag, und eine weiße in der Nacht. Es wäre nett sich vorzustellen, daß Legenden folgendes berichteten: Wenn ein guter Frosch starb, so schwebte seine Seele zu den großen Blumen am Himmel.

Das Problem ist: Wir sprechen hier von *Fröschen*. Ihr Name für die Sonne lautete ».-.-. mipmip .-.-.«, und den Mond nannten sie ».-.-. mipmip .-.-.« Für sie hieß alles

».-.-. mipmip .-.-.«, und wenn das Vokabular nur aus einem Wort besteht, ist es sehr schwer, Legenden zu entwickeln.

Trotzdem ahnte der erste Frosch, daß mit dem Mond etwas nicht stimmte.

Er wurde heller.

»Wir haben das Schiff auf dem *Mond* gelassen?« fragte Masklin. »Warum?«

»*Ihre Vorfahren trafen diese Entscheidung*«, antwortete das *Ding*. »*Damit sie es im Auge behalten konnten, vermute ich.*«

Masklins Gesicht erhellte sich langsam, wie bei einem Sonnenaufgang ganz besonderer Art.

»Weißt du ...«, stieß er hervor. »Bevor dies alles begann, damals, als wir noch in dem alten Loch lebten ...

Oft saß ich nachts draußen, um den Mond zu beobachten. Vielleicht erinnerte sich irgend etwas in meinem Blut daran, daß dort oben ...«

»*Nein*«, unterbrach ihn das *Ding*. »*Mit ziemlicher Sicherheit basierte Ihr Verhalten auf primitivem Aberglauben.*«

»Oh.« Masklin ließ enttäuscht die Schultern hängen. »Entschuldige.«

»*Bitte seien Sie jetzt still. Das Schiff fühlt sich einsam und verloren. Es hat fünfzehntausend Jahre lang geschlafen und wartet darauf, daß jemand mit ihm spricht.*«

»Eine lange Nacht«, kommentierte Masklin. »Hoffentlich ist das Schiff kein Morgenmuffel.«

Auf dem Mond existieren keine Geräusche, aber das spielt kaum eine Rolle, denn es gibt niemanden, der sie hören könnte. Geräusche wären nur eine Verschwendung.

Andererseits: Es mangelt nicht an Licht.

Feiner Mondstaub wirbelte auf, wallte über den uralten Ebenen der dunklen Sichel, bildete große Wolken und stieg weit genug auf, um den Glanz der Sonne einzufangen. Myriaden Staubpartikel glitzerten und funkelten.

Tief unten schob sich etwas aus dem Boden.

»Wir haben es in einem *Loch* zurückgelassen?« fragte Masklin.

Lichter tanzten über den schwarzen Kasten.

»*Behaupten Sie jetzt nur nicht, daß Sie deshalb in einem Loch gelebt haben*«, erwiderte das Ding. »*Bei vielen anderen Nomen war das nie der Fall.*«

»Ja, du hast recht«, murmelte Masklin. »Es ist nur ...«

Er schwieg plötzlich, starrte aus dem Glaskasten und beobachtete einen Menschen, der versuchte, sein Interesse auf einige Zeichen an einer Tafel zu lenken.

»Das Schiff darf nicht kommen«, sagte er hastig.

»Sorg dafür, daß es auf dem Mond bleibt. Wir dürfen es nicht für uns beanspruchen, *Ding!* Es gehört nicht uns, sondern allen Nomen!«

Die drei Wichte in der Nähe des Startplatzes blickten zum Himmel empor. Die Sonne sank dem Horizont entgegen, und der Mond glitzerte wie Christbaumschmuck.

»Bestimmt steckt das Schiff dahinter!« sagte Angalo. »Bestimmt!« Er strahlte und wandte sich an seine beiden Begleiter. »Wir haben es geschafft. Das Schiff ist unterwegs.«

»Ich hätte nie gedacht, daß es klappt ...«, begann Gurder.

Angalo klopfte Pion auf den Rücken und deutete nach oben.

»Siehst du, Junge! Das Schiff. Und es gehört uns!«

Der Abt rieb sich das Kinn und nickte nachdenklich. »Ja. Stimmt. Unser Schiff.«

»Masklin meint, da oben gibt's viele verschiedene Sachen«, fuhr Angalo verträumt fort. »Und jede Menge All. Viel All, das nichts und alles enthält. Masklin meint, das Schiff fliegt schneller als Licht, aber da irrt er sich wahrscheinlich. Wie soll man etwas sehen, wenn man schneller ist als das Licht? Man schaltet das Licht ein, und es fällt nach hinten aus dem Zimmer. Wie dem auch sei: Das Schiff ist *sehr* schnell ...«

Gurder beobachtete das Firmament. Ein Gedanke löste sich von den anderen, kroch nach vorn und verursachte Unbehagen.

»Unser Schiff«, wiederholte der Abt. »Mit dem wir hierhergekommen sind.«

»Ja, genau«, bestätigte Angalo, ohne zu verstehen.

»Und es bringt uns zurück«, fügte Gurder hinzu.

»Das hat Masklin gesagt. Und er ...«

»Alle Nomen«, überlegte Gurder laut. Seine Stimme war so schwer wie Blei.

»Ja, natürlich. Was dachtest du denn? Wir finden sicher eine Möglichkeit, mit dem Schiff zum Steinbruch zu fliegen, um die anderen mitzunehmen. Und auch Pion.«

»Was ist mit Pions Volk?« fragte Gurder.

»Oh, es kommt ebenfalls mit«, entgegnete Angalo großzügig. »Wahrscheinlich haben wir auch Platz für die Gänse.«

»Und die anderen?«

Angalo blinzelte verwirrt. »Welche anderen?«

»Strauch hat uns erzählt, daß praktisch überall Gruppen von Nomen leben.«

Angalo starrte ins Leere. »Oh, die *anderen*. Nun, ich weiß nicht. Ich weiß nur eins: Wir *brauchen* das Schiff. Nachdem wir das Kaufhaus verließen, sind wir immer nur weggelaufen. Das muß endlich aufhören.«

»Aber wenn wir das Schiff nehmen ... Was bleibt dann den übrigen Wichten, wenn sie in Not geraten?«

Masklin hatte gerade die gleiche Frage gestellt.

Und das *Ding* antwortete: »*0100110101010111010101001-0110101110010.*«

»Was hast du gesagt?«

»*Wenn meine Konzentration nachläßt, gibt es vielleicht für niemanden ein Schiff.*« Das *Ding* klang gereizt. »*Ich übermittle fünfzehntausend Anweisungen pro Sekunde.*«

Masklin schwieg.

»*Das sind sehr viele*«, fügte der schwarze Kasten hinzu.

»Das Schiff gehört allen Nomen auf der Welt«, brummte Masklin.

»*010011001010010010 ...*«

»Ach, sei still und sag mir, wann das Schiff eintrifft.«

»*0101011001 ... Bitte entscheiden Sie sich ... 01001100 ...*«

»Was?«

»*Ich kann still sein ODER Ihnen mitteilen, wann das Schiff eintrifft. Beides ist mir nicht möglich.*«

»Na schön«, erwiderte Masklin geduldig. »Sag mir, wann das Schiff kommt. Und sei anschließend still.«

»*In vier Minuten.*«

»Vier Minuten!«

»*Plus minus drei Sekunden. Aber ich glaube, die vier Minuten sind eine exakte Angabe. Allerdings sind es jetzt nur noch drei Minuten und achtunddreißig Sekunden, und gleich könnten es nur noch drei Minuten und siebenunddreißig Sekunden sein ...*«

»Ich kann nicht hierbleiben, wenn das Schiff so bald eintrifft!« entfuhr es Masklin. Er vergaß vorübergehend seine Pflicht der irdischen Nomheit gegenüber. »Es liegt ein Deckel auf dem Glaskasten. Gibt es eine Möglichkeit, ihn trotzdem zu verlassen.«

»*Soll ich jetzt sofort still sein? Oder möchten Sie, daß ich Ihnen erst nach draußen helfe und dann schweige?*«

»Bitte!«

»*Haben die Menschen Sie bei Bewegungen beobachtet?*« erkundigte sich das *Ding*.

»Wie meinst du das?«

»*Wissen die Menschen, wie schnell Sie laufen können?*«

»Nein, ich glaube nicht«, entgegnete Masklin.

»*Bereiten Sie sich darauf vor, noch schneller als sonst zu rennen. Und halten Sie sich die Ohren zu.*«

Masklin kam der Aufforderung nach. Manchmal ging ihm das *Ding* auf die Nerven, aber es zahlte sich nicht aus, seinen Rat zu ignorieren.

Die Lichter am Kasten bildeten ein sternenförmiges Muster.

Das *Ding* heulte. Die von ihm verursachten Geräusche wurden immer schriller, bis Masklin sie nicht mehr hörte. Aber er fühlte sie, obgleich er die Hände nach wie vor an die Ohren preßte. Sie schienen unangenehme Blasen in seinem Kopf zu schaffen.

Er öffnete den Mund, um zu schreien — und die Wände um ihn herum explodierten. In der einen Sekunde bestanden sie aus festem Glas und in der nächsten aus Splittern, wie die Einzelteile eines Puzzles, die plötzlich mehr persönlichen Freiraum anstrebten. Der Deckel rutschte herab, und Masklin wich ihm gerade noch rechtzeitig aus.

»*Heben Sie mich hoch und laufen Sie los*«, sagte das *Ding*, während die Glassplitter noch über den Tisch rollten.

Die Menschen im Zimmer drehten sich mit typisch menschlicher Langsamkeit um.

Masklin ergriff den schwarzen Kasten und hastete über den Tisch.

»Nach unten!« schnaufte er. »Wir sind weit oben — wie gelangen wir nach unten?« Der verzweifelte Blick des Noms huschte umher. Am anderen Ende des Tisches bemerkte er eine Maschine mit kleinen Lampen und Anzeigefeldern. Einer der Menschen stand dort und drückte Tasten.

»Drähte und Kabel«, sagte er. »Wo Maschinen sind, gibt es auch Drähte und Kabel.«

Masklin eilte weiter, entging mühelos einer riesigen Hand, die ihn packen wollte, und flitzte über den Tisch.

»Ich muß dich hinunterwerfen, *Ding*«, keuchte er. »Ich kann dich nicht nach unten tragen!«

»*Schon gut. Es besteht keine Gefahr für mich.*«

Masklin verharrte am Rand des Tisches und ließ den schwarzen Kasten fallen. Es gab tatsächlich einige Leitungen, die bis zum Boden reichten. Er sprang, schloß die Hände um ein Kabel und glitt daran in die Tiefe.

Aus allen Richtungen stapften ihm Menschen entgegen. Er hob das *Ding* wieder auf, drückte es sich an die Brust und stürmte über den Boden. Ein Fuß ragte vor ihm auf — brauner Schuh, dunkelblaue Socke. Er wich nach rechts aus. Zwei weitere Füße: schwarze Schuhe, schwarze Socken. Und sie waren auf dem besten Weg, über den ersten Fuß zu stolpern.

Masklin wandte sich nach links.

Noch viele andere Füße. Und Hände, die sich vergeblich nach ihm ausstreckten. Der Nom war ein Schemen, sauste im Zickzack durch einen Dschungel aus Schuhen, die ihn unter sich zermalmen konnten.

Schließlich erstreckte sich eine freie Fläche vor ihm.

Irgendwo erklang eine Alarmsirene, und Masklin hörte ihr schrilles Heulen als tiefes Blöken.

»*Zur Tür*«, schlug das *Ding* vor.

»Aber gleich kommen noch mehr Menschen herein«, zischte der Wicht.

»*Um so besser — weil wir das Gebäude verlassen.*«

Masklin erreichte die Tür, als sie sich öffnete. Ein mehrere Zentimeter breiter Spalt entstand, durch den er noch mehr Füße sah.

Er nahm sich nicht die Zeit, einen klaren Gedanken zu fassen. Masklin lief über den ersten Schuh hinweg, sprang auf der anderen Seite hinunter und setzte die Flucht fort.

»Wohin jetzt? Wohin jetzt?«

»*Nach draußen.*«

»Und wo geht es nach draußen?«

»*Überall.*«

»Herzlichen Dank.«

Türen schwangen auf, und Menschen kamen in den Flur. Die Gefahr bestand nicht darin, in Gefangenschaft zu geraten — nur sehr aufmerksame Menschen konnten einen sprintenden Nom *sehen*, und selbst der geschickteste von ihnen wäre nicht in der Lage gewesen, ihn zu fangen. Masklin fürchtete in erster Linie, daß eine der großen, trägen Gestalten durch Zufall auf ihn trat.

»Warum fehlen hier Mauselöcher?« klagte Masklin. »In jedem Gebäude sollte es Mauselöcher geben!«

Ein Stiefel donnerte dicht neben ihm auf den Boden. Der Wicht hüpfte daran vorbei.

Immer mehr Menschen füllten den Flur. Eine zweite Alarmsirene heulte beziehungsweise blökte.

»Was ist hier los? Bin ich allein die Ursache für dieses Durcheinander? Das kann ich mir kaum vorstellen ...«
»*Das Schiff. Die Menschen haben das Schiff gesehen.*«
Ein Schuh hätte Masklin fast in den flachsten Nom von Florida verwandelt. Er tauchte so plötzlich vor dem Wicht auf, daß er beinah dagegengeprallt wäre.

Im Gegensatz zu den meisten Schuhen trug er einen Namen. Es handelte sich um ein Exemplar von Äußerst Strapazierfähig Und Mit Echter Gummisohle. Die Sokke darüber erweckte den Anschein, Absolut Geruchsneutral zu sein und zu garantiert fünfundachtzig Prozent aus Polyputheketlon zu bestehen — die teuerste aller Socken.

Masklin blickte nach oben. Weit über dem Gebirge der blauen Hose und den fernen Wolken des Pullovers schwebte ein Bart.

Er erkannte Enkel Richard, 39.

Wenn man glaubte, daß niemand über Nomen wachte ... Dann kam die Vorsehung und bewies das Gegenteil.

Masklin sprang und landete am Hosenbein, als sich der Fuß bewegte. Dies war der sicherste Ort weit und breit; Menschen traten nur selten aufeinander.

Ein Schritt, und der Fuß senkte sich wieder dem Boden entgegen. Masklin schaukelte hin und her, trachtete danach, sich am groben Stoff hochzuziehen. Einige Zentimeter entfernt entdeckte er einen Saum, und dort klammerte er sich fest — die Nähte boten einen besseren Halt.

Dutzende von Menschen umgaben Enkel Richard, 39, und sie alle schienen das gleiche Ziel zu haben. Einige von ihnen stießen gegen ihn und rissen Masklin fast von der Hose. Er streifte die Stiefel ab und versuchte, sich auch mit den Zehen festzuhalten.

Es pochte dumpf, wenn Enkel Richards Füße nach jedem Schritt auf den Boden zurückkehrten.

Masklin zog sich an einer Tasche hoch, und das große Etikett darüber half ihm, den Gürtel zu erreichen. Er kannte Etiketten aus dem Kaufhaus, doch dieses schien geradezu riesig zu sein. Viele Buchstaben standen darauf, und es war an der Hose festgenietet, als sei Enkel Richard eine Art Maschine.

»›Grossbergers Hagglers, die Nummer Eins bei Jeans‹«, las der Nom. »Außerdem steht hier noch, wie gut solche Hosen sind, und hinzu kommen Bilder von Kühen und so. Warum läuft Enkel, 39, mit derartigen Etiketten herum?«

»*Um sich daran zu erinnern, wo die einzelnen Kleidungsstücke hingehören?*« spekulierte das *Ding*.

»Möglich. Sonst würde er die Schuhe auf den Kopf setzen oder so.«

Masklin blickte noch einmal auf das Etikett, als er nach dem Pullover griff.

»Angeblich wurden die Jeans bei der Ausstellung in Chicago, 1910, mit einer Goldmedaille ausgezeichnet«, fügte er hinzu. »Nun, sie haben sich gut gehalten.«

Menschen strömten aus dem Gebäude.

An dem Pullover konnte Masklin viel leichter emporklettern. Rasch krabbelte er hoch. Das lange Haar Enkel Richards erleichterte es dem Nom, sich auf die Schulter zu ziehen.

Eine Tür, dann Sonnenschein.

»Wie lange noch, *Ding*?« flüsterte Masklin. Nur wenige Zentimeter trennten ihn von Enkel Richards Ohr.

»*Dreiundvierzig Sekunden.*«

Die Menschen verteilten sich auf dem großen Betonplatz vor dem Gebäude, und der Wicht sah einige andere, die Geräte nach draußen trugen. Sie starrten zum Himmel, rempelten sich dauernd an.

Eine Gruppe umringte jemanden, der sehr besorgt wirkte.

»Was geht hier vor, *Ding*?« hauchte Masklin.

»*Der Mensch im Zentrum jener Gruppe ist besonders wichtig. Er kam hierher, um den Start des Shuttles zu beob-*

achten. Die anderen bitten ihn nun, das Schiff willkommen zu heißen.«

»Ganz schöne Frechheit, was? Immerhin ist es nicht *ihr* Schiff.«

»*Sie glauben, es sei hierher unterwegs, um mit ihnen zu sprechen.*«

»Wie kommen sie darauf?«

»*Die Menschen halten sich für die wichtigsten Geschöpfe auf diesem Planeten.*«

»Ha!«

»*Erstaunlich, nicht wahr?*« meinte das *Ding.*

»Jeder weiß, daß Nomen viel wichtiger sind«, sagte Masklin. »Nun, zumindest jeder Wicht ...« Er überlegte kurz und schüttelte den Kopf. »Der oberste Mensch, wie? Ihr Anführer ... Vermutlich klüger als die anderen.«

»*Das bezweifle ich. Die übrigen Menschen erklären ihm gerade, was ein Planet ist.*«

»Er weiß es nicht?«

»*Viele Menschen wissen es nicht, und Herrvizepräsident gehört zu ihnen. 001010011000.*«

»Sprichst du wieder mit dem Schiff?«

»*Ja. Noch sechs Sekunden.*«

»Es fliegt tatsächlich hierher ...«

»*Ja.*«

❖ 10 ❖

> GRAVITATION: Ein noch weitgehend unbekanntes Phänomen. Es sorgt dafür, daß kleine Dinge wie Nomen auf großen Dingen wie PLANETEN bleiben. Wegen der WISSENSCHAFT geschieht das selbst dann, wenn man sich nicht mit der Gravitation auskennt. Was beweist, daß die Wissenschaft dauernd passiert.
>
> Aus: *Eine wissenschaftliche Enzyklopädie für den wißbegierigen jungen Nom* von Angalo Kurzwarenler

Angalo sah sich um.

»*Komm*, Gurder.«

Der Abt lehnte an einem Grasbüschel und schnappte nach Luft.

»Es hat keinen Sinn«, keuchte er. »Was für ein Unfug — wir können nicht allein gegen die Menschen kämpfen!«

»Pion begleitet uns. Und dies ist eine gute Steinaxt.«

»Oh, und damit wirst du den Großen einen enormen Schrecken einjagen. Eine Steinaxt. Wenn du zwei hättest ... Bestimmt würden sie sofort fliehen.«

Angalo schwang die Waffe hin und her. Sie fühlte sich gut an.

»Wir müssen es versuchen«, erwiderte er schlicht. »Komm, Pion. Was beobachtest du? Gänse?«

Der Floridianer starrte zum Himmel.

»Da oben ist ein Punkt«, stellte Gurder fest und kniff die Augen zusammen.

»Wahrscheinlich ein Vogel«, sagte Angalo.

»Sieht nicht wie ein Vogel aus.«

»Ein Flugzeug?«

»Sieht auch nicht nach einem Flugzeug aus.«

Jetzt blickten alle drei Wichte zum Firmament. Ihre nach oben gewandten Gesichter bildeten ein Dreieck.

Ein schwarzer Fleck schwebte am hohen Blau.

»Hat er es wirklich *geschafft?*« fragte Angalo unsicher.

Aus dem Fleck wurde eine kleine dunkle Scheibe.

»Das Objekt bewegt sich nicht«, brummte Gurder.

»Zumindest bewegt es sich nicht seitwärts.« Angalo sprach langsam, dehnte jedes Wort. »Aber es sinkt herab.«

Die kleine dunkle Scheibe verwandelte sich in eine große dunkle Scheibe, und irgend etwas deutete auf Dampf an ihrem Rand hin.

»Vielleicht eine Art Wetter«, murmelte Angalo. »Ihr wißt schon. Besonderes floridianisches Wetter.«

»Ach? Ein riesiges Hagelkorn, wie? Nein, es ist das Schiff. Und es kommt, um uns abzuholen!«

Es war jetzt viel größer und ... und noch immer weit, weit entfernt.

»Ich hätte kaum etwas dagegen, wenn es nicht *direkt* zu uns käme«, sagte Gurder mit zittriger Stimme. »Ich wäre durchaus bereit, einige Dutzend Meter zu gehen, um es zu erreichen.«

»Ja.« Angalos Miene zeigte wachsende Verzweiflung. »Eigentlich *kommt* es nicht in dem Sinne. Es ...«

»... *fällt* eher«, beendete Gurder den Satz.

Er sah Angalo an.

»Sollen wir weglaufen?« erkundigte er sich.

»Das wäre einen Versuch wert.«

»Und wohin?«

»Ich schlage vor, wir folgen Pion. Er lief schon vor einer ganzen Weile weg.«

Masklin hätte sofort zugegeben, daß er sich mit Transportmitteln nicht sehr gut auskannte, doch seiner Ansicht nach schienen sie folgendes gemeinsam zu haben:

Die vordere Seite befand sich vorn und die hintere hinten. Und: Die vordere Seite zeigte an, wo es nach vorn ging.

Doch das vom Himmel herabsinkende Schiff war eine Scheibe mit einem Buckel oben drauf und mit Kanten am Rand. Es verursachte keine Geräusche, aber die Menschen schienen trotzdem sehr beeindruckt zu sein.

»Das ist es?« fragte Masklin.

»*Ja.*«

»Oh.«

Dann verschob sich die Perspektive.

Das Schiff war nicht groß. Man brauchte ein neues Wort, um seine Ausmaße zu beschreiben. Es *fiel* nicht durch die faserigen Wolkenschleier, sondern schob sie beiseite. Wenn man glaubte, eine gute Vorstellung von der Größe gewonnen zu haben, zog eine Wolke daran vorbei und erforderte neue Maßstäbe. Etwas so Großes konnte man nur mit einem ganz besonderen Ausdruck beschreiben.

»Stürzt es ab?« hauchte Masklin.

»*Ich lande es im Gebüsch*«, verkündete das *Ding*. »*Um die Menschen nicht zu erschrecken.*«

»Lauf!«

»Glaubst du etwa, ich ruhe mich aus?«

»Das Schiff ist noch immer über uns!«

»Ich laufe! Ich laufe! Schneller kann ich nicht laufen!«

Ein Schatten fiel auf die drei rennenden Nomen.

»Die weite Reise bis nach Floridia — nur um unter unserem eigenen Schiff zerquetscht zu werden«, stöhnte Angalo. »Du hast nie wirklich daran geglaubt, oder? Nun, jetzt wirst du *fest* daran glauben müssen!«

Der Schatten wurde dunkler. Die Wichte sahen, wie er vor ihnen über den Boden huschte, grau am Rand. Er schuf die Finsternis der Nacht — eine ganz persönliche Nacht für die Nomen.

»Die anderen sind noch immer irgendwo dort draußen«, sagte Masklin.

»*Ah*«, erwiderte der schwarze Kasten. »*Das habe ich vergessen.*«

»So etwas *darfst* du nicht vergessen!«

»*In der letzten Zeit bin ich sehr beschäftigt gewesen. Ich kann nicht an alles denken. Nur an fast alles.*«

»Du solltest vermeiden, jemanden zu zerquetschen!«

»*Keine Sorge. Ich halte das Schiff an, bevor es landet.*«

Die Menschen sprachen aufgeregt miteinander, und einige von ihnen liefen dem fallenden Schiff entgegen. Viele andere wichen hastig zurück.

Masklin riskierte einen Blick in Enkel Richards Gesicht, der das Schiff mit einem seltsam verzückten Lächeln beobachtete.

Einige Sekunden später neigten sich die Augen zur Seite. Der Kopf folgte ihrem Beispiel, und Enkel Richard starrte zum Nom auf seiner Schulter.

Der Mensch sah ihn nun zum zweiten Mal. Und jetzt konnte Masklin nicht weglaufen.

Der Wicht klopfte auf das *Ding*.

»Kannst du meine Stimme verlangsamen?« fragte er rasch. Die Züge des Menschen offenbarten Verblüffung.

»*Wie meinen Sie das?*«

»Kannst du wiederholen, was ich sage, nur langsamer? Und lauter? Damit er mich versteht?«

»*Sie möchten kommunizieren? Mit einem Menschen?*«

»Ja. Kannst du es?«

»*Ich rate Ihnen dringend davon ab! Es wäre sehr gefährlich!*«

Masklin ballte die Fäuste. »Im Vergleich womit, *Ding*? Im Vergleich womit? Ist es gefährlicher als *nicht* zu kommunizieren? Also los! Sag ihm ... Sag ihm, daß wir niemandem ein Leid zufügen wollen! Sag es ihm jetzt sofort! Er hebt bereits die Hand!« Der Nom hielt den schwarzen Kasten an Enkel Richards Ohr.

Das *Ding* sprach so langsam und dumpf wie die Menschen.

Seine Stimme erklang recht lange.

Der Mensch erstarrte.

»Was hast du gesagt?« fragte Masklin. »Was hast du gesagt?«

»Wenn er irgend etwas gegen Sie unternimmt, explodiere ich und reiße ihm den Kopf ab — das habe ich gesagt«, antwortete der Kasten.

»Nein!«

»Doch.«

»Und so etwas nennst du ›kommunizieren‹?«

»Es ist eine sehr wirkungsvolle Art der Kommunikation.«

»Aber du hast ihm gedroht! Außerdem ... Ich wußte nicht, daß du explodieren kannst.«

»Eine solche Möglichkeit fehlt mir«, entgegnete das *Ding*. *»Aber das weiß der Mensch nicht. Er ist nur ein Mensch.«*

Das Schiff fiel jetzt langsamer und glitt übers Gebüsch hinweg, bis es seinen eigenen Schatten traf. Das Shuttle-Startgerüst wirkte wie eine kleine Nadel neben einem sehr großen schwarzen Teller.

»Du hast es auf dem Boden gelandet!« entfuhr es Masklin. »Du wolltest es doch vorher anhalten!«

»Das Schiff befindet sich nicht auf dem Boden. Es schwebt dicht darüber.«

»Für mich sieht es aus, als läge es darauf!«

»Es schwebt dicht darüber«, wiederholte das *Ding*.

Enkel Richard spähte über seine Nase hinweg und musterte Masklin. Er blinzelte verwirrt.

»Was sorgt dafür, daß es schwebt?« fragte der Nom.

Der schwarze Kasten antwortete.

»Auntie* wer? Wie heißt sie? Es befinden sich Verwandte an Bord?«

---

* Unübersetzbares Wortspiel. ›Auntie‹ klingt wie ›Anti‹ und bedeutet ›Tante‹ oder ›Tantchen‹. — Anmerkung des Übersetzers.

»*Nicht ›Auntie‹, sondern ›Anti‹. Antigravitation.*«
»Aber es gibt weder Flammen noch Rauch!«
»*Flammen und Rauch sind nicht wichtig.*«
Fahrzeuge rasten dem Schiff entgegen.
»Äh«, sagte Masklin. »*Wie* dicht über dem Boden schwebt das Schiff?«
»*Zehn Zentimeter erschienen mir ausreichend.*«

Angalo lag auf dem Bauch und preßte das Gesicht in den Sand.

Zu seinem großen Erstaunen lebte er noch — oder er konnte selbst als Toter denken. Vielleicht *war* er tot und befand sich nun im Jenseits.

Allerdings: Das Jenseits unterschied sich kaum von Floridia.

Der Nom überlegte. Er hatte beobachtet, wie das große Etwas vom Himmel herabfiel und dabei direkt auf seinen Kopf zu zielen schien. Daraufhin warf er sich zu Boden und rechnete damit, zu einem schmierigen Fleck in einem ziemlich großen Loch zu werden.

Nein, vermutlich war er nicht gestorben. Ein so bedeutungsvolles Ereignis in seinem Leben konnte er unmöglich vergessen haben.

»Gurder?« fragte er zaghaft.
»Bist du das?« erklang die Stimme des Abts.
»Ich hoffe es. Pion?«
»Pion!« erwiderte der Floridianer irgendwo in der Dunkelheit.

Angalo stemmte sich behutsam hoch, verharrte auf Händen und Knien.

»Hat jemand eine Ahnung, wo wir sind?« erkundigte er sich.

»Im Schiff?« entgegnete Gurder.

»Das glaube ich nicht«, murmelte Angalo. »Hier gibt es Boden und Gras und so.«

»Wohin verschwand das Schiff? Und warum ist es hier so finster?«

Angalo strich Schmutz von der Jacke. »Was weiß ich? Vielleicht ... Vielleicht hat es uns verfehlt. Oder wir wurden getroffen und verloren das Bewußtsein. Vielleicht hat inzwischen die Nacht begonnen.«

»Ich sehe etwas Licht am Horizont«, sagte Gurder. »Das ist nicht richtig, oder? Richtige Nächte sollten anders sein, stimmt's?«

Angalo blickte sich um. Es glühte tatsächlich ein Lichtstreifen in der Ferne. Darüber hinaus nahm er ein sonderbares Geräusch wahr, so leise, daß man es leicht überhörte. Aber wenn man es einmal bemerkt hatte, schien es die ganze Welt zu füllen.

Er stand auf, um die Umgebung besser beobachten zu können.

Ein dumpfes Pochen.

»Au!«

Angalo hob die Hand zum Kopf — und berührte Metall. Er duckte sich ein wenig und starrte nach oben.

Eine Zeitlang schwieg er nachdenklich.

Dann sagte er: »Es wird dir sehr schwer fallen, *dies* zu glauben, Gurder ...«

»Ich möchte, daß du von *jetzt* an alles *genau* übersetzt«, wandte sich Masklin an das *Ding.* »Ist das klar? Verzichte darauf, Enkel Richard zu erschrecken!«

Menschen umringten das Schiff. Sie versuchten zumindest, es zu umringen, doch angesichts der Größe des Schiffes waren dazu sehr viele Menschen erforderlich. Deshalb beschränkten sie sich darauf, es an einigen Stellen zu umringen.

Weitere Fahrzeuge trafen ein, die meisten von ihnen mit blökenden Sirenen. Enkel, 39, stand abseits der anderen und hielt einen nervösen Blick auf seine Schulter gerichtet.

»Außerdem sind wir ihm etwas schuldig«, fuhr Masklin fort. »Wir haben seinen Satelliten benutzt und Dinge gestohlen.«

»*Sie wiesen einmal darauf hin, es allein schaffen zu wollen, auf Ihre eigene Art und Weise*«, erwiderte der schwarze Kasten. »*Ohne die Hilfe der Menschen.*«

»Inzwischen hat sich die Situation verändert. Das Schiff ist hier. Unser Schiff. Wir brauchen nicht mehr um etwas zu bitten.«

»*Darf ich Sie daran erinnern, daß Sie auf Enkel Richards Schulter sitzen und nicht umgekehrt?*«

»Und wenn schon«, sagte Masklin. »Sag ihm, er soll zum Schiff gehen. *Bitte* ihn darum. Und sag ihm: Wir wollen nicht, daß jemand zu Schaden kommt, mich eingeschlossen.«

Enkel Richards Antwort dauerte recht lange. Schließlich setzte er sich in Bewegung und schritt zum Schiff.

»Was hat er gesagt?« fragte Masklin und hielt sich am Pullover fest.

»*Ich kann es einfach nicht glauben.*«

»Er glaubt mir nicht?«

»*Er meinte, sein Großvater sprach häufig von Wichten, aber er hat nicht an sie geglaubt, bis jetzt. Er möchte wissen, ob Sie wie die kleinen Leute im Kaufhaus sind.*«

Masklins Kinnlade klappte nach unten. Enkel Richard beobachtete ihn aufmerksam.

»Sag ihm ›ja‹«, krächzte der Nom.

»*Wie Sie wünschen. Aber ich halte das nicht für eine gute Idee.*«

Das *Ding* donnerte leise. Enkel Richard grollte.

»*Er sagt, sein Großvater scherzte über Wichte im Kaufhaus. Er meinte immer, sie brächten ihm Glück.*«

Masklin hatte das schreckliche Gefühl, daß sich die Welt erneut veränderte, obwohl er gerade gehofft hatte, sie zu verstehen.

»Hat sein Großvater jemals einen Nom gesehen?« fragte er.

»*Nein. Aber er sagt: Als sein Großvater und der Bruder des Großvaters das Kaufhaus bauten und bis spät abends im Büro blieben ... Sie hörten Geräusche in den Wänden und er-*

zählten sich, es gäbe kleine Kaufhaus-Bewohner. Es handelte sich um eine Art Witz. Enkel Richard sagt auch: Als er klein war, berichtete ihm Großvater von winzigen Geschöpfen, die sich des Nachts mit seinen Spielzeugen vergnügten.«

»So etwas hätten die Kaufhaus-Nomen nie gewagt!« platzte es aus Masklin heraus.

»Ich behaupte nicht, daß diese Geschichten stimmen.«

Das Schiff war jetzt viel näher. Nirgends zeigten sich Türen oder Fenster. Die Außenfläche erwies sich als so glatt und fugenlos wie die Schale eines Eis.

Masklins Gedanken rasten. Er hatte die Menschen immer für halbwegs intelligent gehalten. Nomen waren sehr intelligent, Ratten und Füchse einigermaßen. Bestimmt enthielt die Welt noch genug Intelligenzreste, um auch den Menschen einen Verstand zu geben. Aber hier ging es um mehr.

Er entsann sich an das Buch *Gullivers Reisen*, das eine große Überraschung für die Nomen gewesen war. Masklin zweifelte kaum daran, daß es keine Insel gab, auf der Wichte wohnten. Jemand hatte das alles ... erfunden. Viele Kaufhaus-Bücher enthielten Erfundenes, was zu großer Verwirrung bei den Nomen führte. Aus irgendeinem Grund brauchten die Menschen *unwahre* Dinge.

Sie sind immer davon überzeugt gewesen, daß wir überhaupt nicht existieren, dachte Masklin. *Und gleichzeitig wollten sie an uns glauben.*

»Sag Enkel Richard ...«, begann er. »Sag ihm, ich muß ins Schiff.«

Der Mensch flüsterte, und sein Atem wehte wie Sturmböen.

»Er meint, es sind zu viele Personen zugegen.«

»Warum stehen die Menschen in unmittelbarer Nähe des Schiffes?« fragte Masklin verwundert. »Wieso fürchten sie sich nicht?«

Enkel Richards Antwort erzeugte einen neuerlichen Orkan.

»*Er meint: Die Menschen glauben, daß Wesen von einer anderen Welt aus dem Schiff kommen, um mit ihnen zu sprechen.*«

»Warum?«

»*Ich weiß es nicht*«, erwiderte das *Ding*. »*Vielleicht möchten sie nicht allein sein.*«

Etwas heulte. Hunderte von Menschen hielten sich die Ohren zu.

Lichter erschienen am dunklen Schiff. Sie funkelten an seiner Außenfläche, bildeten Muster, die hin und her sausten, dann wieder verschwanden. Das Heulen wiederholte sich.

»Es ist doch niemand drin, oder?« vergewisserte sich Masklin. »Vielleicht Nomen, die fünfzehntausend Jahre geschlafen haben, wie Igel im Winter?«

Hoch oben am Schiff entstand eine Öffnung. Masklin hörte dumpfes Zischen und sah einen roten Blitz, der über die Menge hinwegzuckte und einen mehrere hundert Meter entfernten Strauch in Flammen aufgehen ließ.

Die Menschen flohen.

Das Schiff stieg einen halben Meter weit auf, wackelte und kippte zur Seite. Dann raste es so schnell empor, daß es zu einem Schemen wurde, verharrte hoch oben am Himmel. Und dann drehte es sich. Und dann hing es schräg in der Luft.

Schließlich sank es wieder herab und landete, mehr oder weniger: Die eine Seite berührte den Boden, und die andere ruhte in leerer Luft, auf nichts.

Das Schiff sprach mit lauter Stimme.

Für die Menschen hörte es sich wahrscheinlich wie schrilles Zirpen an.

Es sagte: »Entschuldigung! Tut mir leid! Ist dies ein Mikrofon? Ich habe noch immer nicht die Taste gefunden, mit der sich die Tür öffnen läßt. Versuchen wir's mit dieser hier ...«

Ein weiteres quadratisches Loch bildete sich im Schiff, und helles blaues Licht gleißte daraus hervor.

Erneut hallte die Stimme über den weiten Betonplatz.

»Na endlich!« Es donnerte zweimal kurz hintereinander: Jemand klopfte an ein Mikrofon, um festzustellen, ob es funktionierte. »Bist du da draußen, Masklin?«

»Das ist Angalo!« entfuhr es Masklin. »Niemand fährt wie er! *Ding*, sag Enkel Richard, daß ich ins Schiff muß! Bitte!«

Der Mensch nickte.

Andere Menschen drängten sich vor der riesigen Scheibe. Die Tür befand sich ein ganzes Stück über ihnen, außerhalb ihrer Reichweite.

Masklin bohrte Finger und Zehen in den Pullover, als sich Enkel Richard einen Weg durch die Menge bahnte.

Das Schiff heulte noch einmal.

»Äh«, klang Angalos ohrenbetäubend laute Stimme aus verborgenen Lautsprechern. Offenbar sprach er mit jemand anders. »Ich bin nicht ganz sicher, wozu dieser Schalter dient, aber ... Nun, ich werde ihn ohnehin ausprobieren, also sollte ich nicht länger zögern. Er ist direkt neben der Taste für die Tür, was bedeutet: Sicher besteht keine Gefahr. Ach, sei still ...«

Eine silbrig glänzende Rampe rutschte aus der Öffnung und neigte sich dem Boden entgegen.

»Siehst du? Siehst du?« schrillte Angalo.

»Kannst du mit ihm reden, *Ding*?« fragte Masklin. »Kannst du ihm sagen, daß ich hier draußen bin und versuche, ins Schiff zu gelangen?«

»*Nein. Allem Anschein drückt er wahllos Tasten. Hoffentlich wählt er nicht die falschen.*«

»Ich dachte, du bist in der Lage, dem Schiff Anweisungen zu übermitteln!«

»*Solange sich kein Nom an Bord aufhält*«, erwiderte das *Ding*. Irgendwie brachte es der schwarze Kasten fertig, bestürzt zu klingen. »*Ich sehe mich außerstande, die von einem Nom stammenden Befehle zu annullieren — immerhin bin ich nur eine Maschine.*«

Enkel Richard schob sich durch die Masse aus winkenden, gestikulierenden und schreienden Menschen. Er kam nur langsam voran.

Masklin seufzte.

»Bitte Enkel Richard, mich abzusetzen.« Nach einer kurzen Pause fügte er hinzu. »Und danke ihm. Sag ihm ... Sag ihm, ich hätte unser Gespräch gern fortgesetzt.«

Das *Ding* übersetzte.

Enkel Richard wirkte überrascht. Das *Ding* brummte erneut. Woraufhin der Mensch die Hand hob, sie nach Masklin ausstreckte.

Auf einer Liste der schrecklichsten aller schrecklichen Erlebnisse wäre für diesen Moment zweifellos die oberste Zeile reserviert gewesen. Masklin hatte gegen Füchse gekämpft und dabei geholfen, den Lastwagen zu fahren. Er war sogar mit einer Gans geflogen. Aber von einem Menschen berührt zu werden ... Lange und dicke Finger näherten sich ihm, zielten nach beiden Seiten seiner Taille. Er schloß die Augen.

»Masklin?« donnerte Angalos Stimme. »Masklin? Wenn dir was zugestoßen ist, erleben die Menschen ihr blaues Wunder!«

Enkel Richards Finger schlossen sich so sanft um den Nom, als hielte der Mensch etwas sehr Zerbrechliches in der Hand. Masklin spürte, wie er langsam zum Boden hinuntergelassen wurde. Nach einer Weile öffnete er die Augen und sah einen Wald aus Menschenbeinen um sich herum.

Er blickte zu dem gewaltigen Gesicht von Enkel Richard auf und versuchte, ganz langsam und mit möglichst tiefer Stimme zu sprechen. Masklin formulierte die einzigen Worte, das jemals ein Nom an einen Menschen gerichtet hatte.

»Leb wohl.«

Dann rannte er durch das Labyrinth aus Füßen.

Mehrere Menschen mit offiziell aussehenden Hosen

und großen Stiefeln standen vor der Rampe. Masklin eilte an ihnen vorbei und nach oben.

Blaues Licht glänzte ihm entgegen. Während er lief, bemerkte er zwei dunkle Flecken im Zugang.

Die Rampe war sehr lang, und Masklin hatte seit Stunden nicht geschlafen. Er bedauerte nun, sich nicht auf dem kleinen Bett im Glaskasten ausgestreckt und ein wenig gedöst zu haben. Selbst das Erinnerungsbild verhieß überaus angenehme Behaglichkeit.

Plötzlich verspürten seine Beine nur noch den Wunsch, einen *nahen* Ort aufzusuchen und dort nicht mehr den Körper tragen zu müssen.

Er taumelte zum Ende der Rampe, und aus den beiden Flecken wurden Gurder und Pion. Sie stützten Masklin und führten ihn ins Schiff.

Nach einigen Schritten drehte er sich und blickte zu dem Meer aus menschlichen Gesichtern tief unten. Noch nie zuvor hatte er auf Menschen hinabgesehen.

Vermutlich können sie mich gar nicht erkennen, dachte er. *Sie warten auf grüne Männchen.*

»Ist alles in Ordnung?« fragte Gurder besorgt. »Hat man dir irgend etwas angetan?«

»Es geht mir gut, es geht mir gut«, erwiderte Masklin erschöpft. »Ich bin nicht verletzt.«

»Du siehst schrecklich aus.«

»Wir hätten mit den Menschen reden sollen, Gurder«, sagte Masklin. »Sie *brauchen* uns.«

»Ist *wirklich* alles in Ordnung mit dir?« Der Abt musterte ihn beunruhigt.

Masklins Kopf fühlte sich an, als sei er mit Baumwolle vollgestopft. »Weißt du noch, daß du an Arnold Bros (gegr. 1905) geglaubt hast?« brachte er hervor.

»Ja«, antwortete Gurder.

»Nun, er hat auch an dich geglaubt. Was hältst du davon?«

Dann sank Masklin zu Boden.

❖ 11 ❖

> DAS SCHIFF: Eine Maschine, mit der die Nomen den PLANETEN Erde verließen. Wir wissen noch nicht genau darüber Bescheid, aber sicher finden wir bald mehr darüber heraus — immerhin wurde es von Nomen mit Hilfe der WISSENSCHAFT gebaut.
>
> Aus: *Eine wissenschaftliche Enzyklopädie für den wißbegierigen jungen Nom* von Angalo Kurzwarenler

Die Rampe verschwand im Zugang, der sich hinter ihr schloß. Das Schiff stieg auf, bis es weit über den Gebäuden schwebte.

Und dort blieb es, während die Sonne unterging.

Die Menschen weit unten strahlten mit bunten Lichtern zur großen Scheibe empor, versuchten es auch mit Musik und allen ihnen bekannten Sprachen.

Das Schiff reagierte nicht darauf.

Masklin erwachte.

Der Nom lag in einem sehr bequemen und weichen Bett. Er verabscheute es, auf etwas zu liegen, das weicher war als der Boden. Die Kaufhaus-Wichte schliefen gern auf Teppichstücken, aber Masklin zog Holz vor. Als Decke hatte er einen Lappen benutzt und das für Luxus gehalten.

Er setzte sich auf und sah sich um. Der Raum enthielt nicht viel, nur das Bett, einen Tisch und einen Stuhl.

Einen Tisch und einen Stuhl.

Im Kaufhaus hatten die Nomen ihre Möbel aus Streichholzschachteln und Garnrollen hergestellt. Die

Wichte im Draußen wußten nicht einmal, was Möbel waren.

Diese Möbelstücke sahen aus wie von Menschen geschaffen, aber sie hatten genau die richtige Größe für Nomen.

Masklin stand auf, trat durchs Zimmer und näherte sich der Tür. Ebenfalls nomgroß. Eine Tür, von Nomen geschaffen, damit Nomen hindurchgehen konnten.

Dahinter erstreckte sich ein Korridor mit vielen anderen Türen. Er verursachte ein seltsames Gefühl in Masklin. Der Flur war nicht schmutzig; er wirkte wie etwas, das sich seit langer, langer Zeit durch absolute Sauberkeit auszeichnete.

Ein Objekt summte ihm entgegen: ein kleiner schwarzer Kasten, wie das *Ding*. Er bewegte sich auf schmalen Gleitflächen, und vorn schaufelte eine Bürste Staub in einen Schlitz — falls es hier Staub gegeben hätte. Masklin stellte sich vor, daß diese Maschine den Korridor seit Jahrtausenden sauberhielt, während sie auf die Rückkehr der Nomen wartete ...

Sie stieß ihm an den Fuß, piepte, drehte sich um und surrte fort. Masklin folgte ihr.

Nach einer Weile sah er einen anderen Apparat: Er kroch über die Decke, klickte munter und hielt vergeblich nach Schmutz Ausschau.

Der Nom schlenderte um eine Ecke und prallte fast gegen Gurder.

»Du bist auf!«

»Ja«, sagte Masklin. »Äh. Wir sind im Schiff, nicht wahr?«

»Es ist erstaunlich ...!« begann Gurder. Es glitzerte in den Augen des Abts, und sein Haar war zerzaust.

»Ja, das glaube ich auch«, erwiderte Masklin in einem beruhigenden Tonfall.

»All die großen ... Und dann die riesigen ... Und die *gewaltigen* ... Und du würdest mir nie glauben, wieviel Platz ... Und es gibt soviel ...« Gurder unterbrach sich.

Er wirkte wie ein Nom, der seinen Wortschatz erweitern mußte, um gewisse Dinge zu beschreiben.

»Es ist zu groß!« keuchte er und griff nach Masklins Arm. »Komm mit!« Er zerrte den Wicht hinter sich her.

»Wie habt ihr es geschafft, an Bord zu gelangen?« fragte Masklin und versuchte, mit dem Abt Schritt zu halten.

»Es war *erstaunlich!* Angalo berührte eine Art Platte, und sie schob sich beiseite, und wir kletterten hinein, und dann fanden wir eine Art Lift, und dann erreichten wir ein großes Zimmer mit einer Art Sessel, und Angalo setzte sich, und dann flackerten viele Lichter, und er begann damit, Tasten und so zu drücken!«

»Hast du versucht, ihn daran zu hindern?«

Gurder rollte mit den Augen. »Du weißt ja, wie er ist, wenn's um Maschinen geht. Aber das *Ding* bemüht sich, ihn zur Vernunft zu bringen. Sonst wären wir vielleicht schon mit irgendwelchen Sternen zusammengestoßen«, fügte er düster hinzu.

Er führte Masklin durch eine weitere Tür in ...

Nun, es mußte ein Zimmer sein — *schließlich sind wir hier im Schiff*, dachte Masklin. Er war froh, daß daran kein Zweifel bestehen konnte, denn sonst hätte er angenommen, im Draußen zu sein. Der Raum erschien ihm mindestens so groß wie eine der Abteilungen im Kaufhaus.

An den Wänden sah er breite Bildschirme und kompliziert anmutende Schalttafeln, an denen nur hier und dort einige Lichter glühten. Überall herrschte diffuses Halbdunkel, abgesehen von einem kleinen erhellten Bereich in der Mitte des Saals.

Dort saß Angalo in einem großen gepolsterten Sessel, und vor ihm lag das *Ding* auf einem Pult mit vielen Tasten. Allem Anschein nach hatte er sich damit gestritten, denn er warf Masklin einen finsteren Blick zu und sagte:

»Es gehorcht mir nicht!«

Der kleine schwarze Kasten versuchte, noch kleiner und schwärzer auszusehen.

»*Er will das Schiff fahren*«, sagte das *Ding*.

»Du bist eine Maschine!« schnappte Angalo. »Du kannst meine Befehle nicht einfach ignorieren!«

»*Ich bin eine* intelligente *Maschine*«, erwiderte das *Ding*. »*Und ich möchte nicht sehr flach in einem tiefen Loch enden. Als Pilot wären Sie eine Gefahr für das Schiff und alle Personen an Bord.*«

»Woher willst du das wissen? Du läßt es mich ja nicht einmal versuchen! Ich habe den Lastwagen gefahren, oder?« Angalo fing Masklins Blick ein. »Es ist nicht meine Schuld, daß uns dauernd Bäume, Straßenlaternen und andere Sachen in den Weg gerieten.«

»Ich nehme an, es ist viel schwieriger, das Schiff zu steuern«, sagte Masklin diplomatisch.

»Aber ich lerne immer mehr«, wandte Angalo ein. »Es ist ganz leicht. Die Knöpfe und Tasten sind mit kleinen Bildern gekennzeichnet. Sieh nur...«

Er betätigte einen Schalter.

Einer der großen Bildschirm leuchtete auf und zeigte die Menge unterm Schiff.

»Die Menschen dort unten warten schon seit einer Ewigkeit«, sagte Gurder.

»Worauf?« fragte Angalo.

»Keine Ahnung«, entgegnete der Abt. »Wer weiß schon, was Menschen wollen oder sich erhoffen?«

Masklin beobachtete das Gedränge tief unter dem Schiff.

»Sie stellen irgend etwas an«, sagte Angalo. »Mit Licht und Musik und so. Und sie schicken auch Funksignale, meint das *Ding*.«

»Sie wollen mit uns reden«, murmelte Masklin. Und etwas lauter:

»Hast du nicht geantwortet?«

»Nein. Weiß gar nicht, was ich ihnen sagen soll.« Angalo klopfte mit den Fingerknöcheln auf das *Ding*.

»Na schön, Herr Neunmalklug. Wenn ich das Schiff nicht fahren darf — wer soll es steuern?«

»*Ich.*«

»Wie?«

»*Sehen Sie den Schlitz neben dem Sessel?*«

»Ja. Hat gerade die richtige Größe für dich.«

»*Schieben Sie mich hinein.*«

Angalo zuckte mit den Schultern und kam der Aufforderung nach. Das *Ding* glitt in den Boden, verschwand fast ganz darin. Nur der obere Teil ragte daraus hervor.

»Hör mal, äh...«, begann Angalo. »Kann ich dir nicht irgendwie helfen? Wie wär's, wenn ich die Scheibenwischer einschalte? Ich komme mir wie ein Dummkopf vor, wenn ich einfach nur hier sitze.«

Das *Ding* schien ihn gar nicht zu hören. Hier und dort flackerten Lichter daran, als versuchte der schwarze Kasten auf eine mechanische Weise, es sich bequem zu machen. Dann sagte er mit einer viel tieferen Stimme als vorher: »NA SCHÖN.«

Die Düsternis wich zurück, und das *Ding* wurde zum Zentrum einer sich rasch ausbreitenden Lichtflut. Die Kontrollen der Schaltpulte leuchteten wie Sterne am Himmel, und an der Decke erschimmerten große Lampen. Überall zischte und knisterte es, als Elektrizität erwachte, und die Luft roch nach einem Gewitter.

»Wie das Kaufhaus während der Jahreszeit Weihnachten«, seufzte Gurder.

»ALLE SYSTEME BETRIEBSBEREIT«, verkündete das *Ding* feierlich. »NENNEN SIE DAS ZIEL.«

»Was?« fragte Masklin verwirrt. »Und schrei nicht so.«

»*Wohin fliegen wir?*« erkundigte sich das *Ding*. »*Sie müssen mir ein Ziel nennen.*«

»Du kennst es«, sagte Masklin. »Es hat einen Namen und heißt Steinbruch.«

»*Wo befindet er sich?*«

»Er ...« Masklin winkte unsicher. »Nun, irgendwo dort drüben.«

»*In welcher Richtung?*«

»Keine Ahnung. Wie viele Richtungen gibt es überhaupt?«

»*Ding ...*«, sagte Gurder. »Soll das etwa heißen, daß du nicht den Weg zum Steinbruch kennst?«

»*Das ist korrekt.*«

»Wir haben uns verirrt?«

»*Nein*«, widersprach das *Ding*. »*Ich weiß genau, auf welchem Planeten wir sind.*«

»Wir können uns nicht verirrt haben«, betonte der Abt. »Wir wissen genau, wo wir sind: hier. Wir wissen nur nicht, wo wir *nicht* sind.«

»Kannst du den Steinbruch finden, wenn wir hoch genug aufsteigen?« fragte Angalo. »Dann sollten wir ihn eigentlich sehen, von ganz oben.«

»*Nun gut.*«

Angalo beugte sich vor. »Darf ich das Schiff nach oben bringen? Bitte?«

»*Drücken Sie den linken Fuß nach unten und ziehen Sie den grünen Hebel zurück*«, sagte das *Ding*.

Die akustische Kulisse beschränkte sich auf eine subtile Veränderung der Stille. Für einen Sekundenbruchteil glaubte Masklin, sich etwas schwerer zu fühlen, doch dieses Empfinden verflüchtigte sich sofort wieder.

Das Bild auf dem Schirm wurde kleiner.

»He, das nenne ich richtiges Fliegen«, kam es begeistert von Angalos Lippen. »Weder Geräusche noch dummes Flügelschlagen.«

»Da fällt mir ein ... Wo ist Pion?« fragte Masklin.

»Durchstreift das Schiff«, sagte Gurder. »Ich glaube, er sucht etwas zu essen.«

»In einer Maschine, in der sich seit fünfzehntausend Jahren keine Nomen aufgehalten haben?«

Der Abt hob und senkte die Schultern. »Nun, vielleicht entdeckt er irgendwelche Reste in einem Schrank oder so. Äh, Masklin, ich muß etwas mit dir besprechen.«

»Ja?«

Gurder trat etwas näher und blickte kurz zu Angalo, der sich nun im Sessel zurücklehnte und verträumt ins Leere starrte.

»Es ist nicht richtig«, sagte er leise. »Ich weiß, es klingt schrecklich nach all dem, was wir hinter uns haben. Aber dies ist nicht allein *unser* Schiff. Es gehört *allen* Nomen.«

Er hielt den Atem an — und ließ ihn erleichtert entweichen, als Masklin nickte.

»Vor einem Jahr hast du nicht einmal geglaubt, daß es noch andere Wichte gibt«, erwiderte der ehemalige Rattenjäger.

Gurder senkte verlegen den Kopf. »Ja. Nun, das war damals. Jetzt sind wir hier, im Heute. Ich weiß gar nicht mehr, an was ich glauben soll. Nur eins ist mir klar: Dort unten — dort draußen — leben viele tausend Nomen, von denen wir nichts wissen. Vielleicht gibt es sogar andere Wichte in anderen Kaufhäusern! Wir hatten Glück, weil wir das *Ding* besaßen. Wenn wir jetzt das Schiff nehmen, gibt es für die übrigen Nomen keine Hoffnung.«

»Ja«, sagte Masklin zerknirscht. »Aber bleibt uns eine Wahl? Wir *brauchen* das Schiff, und zwar *jetzt*. Außerdem: Wie sollen wir die anderen Wichte finden?«

»Mit dem Schiff«, entgegnete der Abt.

Masklin deutete zum Bildschirm, der eine dunstverschleierte Landschaft zeigte.

»Es dauert *ewig*, dort unten Nomen zu finden. Von Bord des Schiffes aus wäre das gar nicht möglich. Wir müßten es verlassen und auf dem Boden suchen — Wichte verstecken sich! Die Kaufhaus-Nomen wußten nichts von meinem Volk, obwohl wir nur wenige Kilometer entfernt lebten. Die Floridianer haben wir allein durch Zufall entdeckt. Beziehungsweise sie uns. Und es gibt noch ein Problem ...« Masklin konnte nicht der Versuchung widerstehen, Gurder sanft in die Rippen zu stoßen. »Du weißt ja, wie wir sind. Die anderen Nomen würden nicht einmal an die Existenz des Schiffes *glauben*.«

Er bereute seine Worte sofort. Gurder wirkte kummervoller als jemals zuvor.

»Das stimmt«, bestätigte der Abt. »Auch ich hätte nicht daran geglaubt. Das fällt mir selbst jetzt schwer, obgleich ich *darin* bin.«

»Sobald wir eine neue Heimat gefunden haben ...«, überlegte Masklin. »Dann schicken wir das Schiff zurück, um die übrigen Nomen abzuholen. Ich bin sicher, Angalo würde sich über eine solche Aufgabe freuen.«

Gurders Schultern bebten. Ein oder zwei Sekunden lang dachte Masklin, daß der Abt lautlos lachte, doch dann sah er die Tränen in seinen Augen.

»Äh«, sagte er hilflos.

Gurder wandte sich ab. »Tut mir leid«, murmelte er. »Es ist nur ... Dauernd verändert sich alles. Warum können die Dinge nicht fünf Minuten lang bleiben, wie sie sind? Wenn ich mich an etwas Neues gewöhnt habe, verwandelt es sich plötzlich, und dann stehe ich wie ein Narr da! Ich möchte doch nur etwas, an das ich glauben kann! Ist das zuviel verlangt?«

»Ich schätze, man braucht einen flexiblen Verstand«, kommentierte Masklin und ahnte, daß er dem Abt mit dieser Bemerkung nur wenig Trost spendete.

»Einen flexiblen Verstand? Mein Verstand ist so flexibel, daß ich ihn aus den Ohren ziehen und unterm Kinn verknoten könnte! Und er hat mir überhaupt nichts genützt! Warum habe ich als Kind nicht einfach geglaubt, was man mich lehrte? Das wäre viel besser gewesen — dann hätte ich mich wenigstens nur einmal geirrt! Jetzt irre ich mich *dauernd!*«

Er drehte sich ruckartig um und stapfte durch einen der Korridore fort.

Masklin blickte ihm nach. Nicht zum erstenmal wünschte er sich, ebenso fest wie Gurder an etwas glauben zu können — um sich dann dabei über sein Leben zu beklagen. Er sehnte sich zurück — sogar zurück ins Loch. Eigentlich war es damals gar nicht so schlimm gewesen, sah man von Nässe, Kälte und den vielen Gefahren ab, die außerhalb der Höhle lauerten. Wenigstens hatte ihm Grimma Gesellschaft geleistet. Er stellte sich vor, wieder mit ihr zusammen zu sein, die Einsamkeit zu besiegen, gemeinsam zu frieren und zu hungern ...

Aus den Augenwinkeln bemerkte er eine Bewegung und sah Pion, der mit einem Tablett kam. Darauf lag ... Obst, vermutete der Nom. Das Gefühl, einsam und allein zu sein, wich fort, trat den Rückzug an, als Hunger die Chance ergriff, Aufmerksamkeit auf sich zu lenken. Nie zuvor hatte Masklin so buntes und seltsam geformtes Obst betrachtet.

Er nahm ein Stück von dem Tablett. Es schmeckte wie eine Mischung aus Haselnuß und Zitrone.

»Hat sich gut gehalten, wenn man bedenkt«, sagte er. »Wo hast du das Zeug gefunden?«

Wie sich herausstellte, stammte es von einer Maschine in einem der Korridore. Sie schien nicht besonders kompliziert zu sein und zeigte Hunderte von kleinen Bildern mit verschiedenen Nahrungssorten. Wenn man eins davon berührte, summte es kurz, und dann schob sich ein Tablett mit dem gewünschten Essen aus einem Schlitz. Masklin drückte mehrere Bildtasten und bekam: Obst, piepsendes grünes Gemüse und ein Stück Fleisch, das wie geräucherter Lachs schmeckte.

»Ich frage mich, wie der Apparat funktioniert?« dachte er laut.

Neben ihm klang eine Stimme aus der Wand. »*Wären Sie imstande, die Funktionsweise des Synthetisierers zu verstehen, wenn ich Ihnen von molekularer Aufspaltung und Restrukturierung bestimmter Grundmaterialien berichte?*«

»Nein«, antwortete Masklin ehrlich.

»Dann gestatten Sie mir folgenden Hinweis: Es wird alles mit Wissenschaft bewerkstelligt.«

»Oh. Gut, in Ordnung. Bist du das, *Ding*?«

»Ja.«

Masklin kaute auf Fisch-Fleisch, kehrte in den riesigen Kontrollraum zurück und bot Angalo etwas von dem Essen an. Auf dem großen Bildschirm waren jetzt nur noch Wolken zu sehen.

»Darin finden wir den Steinbruch nie«, murmelte er.

Angalo zog einen der Hebel zurück, und wieder glaubte Masklin für einen Sekundenbruchteil, etwas schwerer zu werden.

Sie blickten zum Schirm.

»Donnerwetter«, sagte Angalo.

»Wirkt irgendwie vertraut.« Masklin klopfte auf seine Taschen, bis er die zusammengefaltete und zerknitterte Karte fand, die er aus dem Kaufhaus mitgenommen hatte.

Er breitete sie aus und verglich sie mit den Darstellungen des Bildschirms.

Der Schirm präsentierte nun eine Scheibe, die zum größten Teil aus blauen Bereichen und weißen Wolkenfetzen bestand.

»Hast du denn eine Ahnung, was das ist?« fragte Angalo.

»Nein, aber ich weiß, wie einige der Dinge heißen«, erwiderte Masklin. »Zum Beispiel jenes Etwas dort, oben dick und unten dünn — man nennt es Südamerika. Es befindet sich auch hier auf der Karte. Allerdings sollte es mit dem Wort ›Südamerika‹ gekennzeichnet sein.«

»Kann noch immer nicht den Steinbruch sehen«, stellte Angalo fest.

Masklin betrachtete das Bild. Südamerika. Grimma hatte ihm von Südamerika erzählt, von Fröschen, die dort in Blumen lebten. Wenn man von Fröschen wußte, die in Blumen lebten, wurde man angeblich zu einem ganz anderen Nom.

Er begriff allmählich, was das bedeutete.

»Vergiß den Steinbruch für eine Weile«, sagte er. »Der Steinbruch kann warten.«

»Wir sollten so schnell wie möglich zu ihm fliegen, um die dort lebenden Nomen in Sicherheit zu bringen«, mahnte der schwarze Kasten.

Masklin dachte eine Zeitlang darüber nach. Es stimmte natürlich, das mußte er zugeben. Zu Hause mochten alle Arten von Dingen passieren. Er mußte möglichst rasch zurückkehren — so verlangten es seine Pflichten den übrigen Nomen gegenüber.

Und dann dachte er: *Ich habe viel Zeit damit verbracht, immer nur meine Pflicht irgendwelchen Leuten gegenüber wahrzunehmen. Jetzt möchte ich endlich einmal mir selbst einen Wunsch erfüllen. Mit dem Schiff finden wir sicher keine anderen Wichte, aber ich weiß, wo die Suche nach Fröschen Erfolg haben könnte.*

»Ding«, sagte er. »Bring uns nach Südamerika. Ohne Widerrede.«

❖ 12 ❖

> FRÖSCHE: Einige Leute halten es für sehr wichtig, sich mit Fröschen auszukennen. Sie sind klein und grün oder gelb, und sie haben vier Beine. Sie quaken. Junge Exemplare heißen Kaulquappen. Meiner Meinung nach braucht man nicht mehr über Frösche zu wissen.
>
> Aus: *Eine wissenschaftliche Enzyklopädie für den wißbegierigen jungen Nom* von Angalo Kurzwarenler

Man nehme einen blauen Planeten ...
Fokus
Dies ist ein Planet. Wasser bedeckt den größten Teil davon, aber trotzdem heißt er Erde.
Man nehme ein Stück Land ...
Fokus
... blaue und grüne und braune Flecken unter der Sonne. Und dicke Regenwolken, die sich an Berghänge schmiegen ...
Fokus
... ein Berg, grün und tropfnaß. Und ...
Fokus
... ein Baum mit langen Moosfladen und großen Blumen. Und ...
Fokus
... eine Blume mit einem kleinen Teich darin. Es ist eine epiphytische Bromelie.
Ihre Blätter — oder vielleicht ihre Blüten — erzittern kaum, als sich drei sehr kleine und sehr gelbe Frösche aufrichten und überrascht das klare, frische Wasser betrachten. Zwei von ihnen blicken zu ihrem Anführer

und erwarten von ihm einen Kommentar angesichts dieses historischen Moments.

Der erste Frosch sagt würdevoll: ».-.-. mipmip .-.-.«

Und dann rutschen sie über die Blätter ins Wasser.

Zwar kennen Frösche den Unterschied zwischen Tag und Nacht, aber das Konzept der Zeit bleibt ihnen rätselhaft. Sie wissen, daß einige Dinge nach anderen Dingen geschehen. Besonders intelligente Frösche fragen sich vielleicht, was die Dinge daran hindert, gleichzeitig zu passieren, aber damit hat es sich auch schon.

Aus diesem Grund erstaunte es die Frösche kaum, als es mitten am Tag plötzlich dunkel wurde. Sie glaubten schlicht und einfach, daß die Nacht begann ...

Ein großer dunkler Schatten glitt über die Baumwipfel und verharrte. Nach einer Weile ertönten Stimmen. Die Frösche hörten sie, ohne zu ahnen, was sie bedeuteten oder woher sie kamen. Sie klangen nicht wie Stimmen, an die Frösche gewöhnt waren.

Es hörte sich folgendermaßen an: »Wie viele Berge gibt es hier? Ich meine, es ist doch lächerlich! Wer braucht so viele Berge? Ich nenne so etwas unrationell. Einer hätte genügt. Ich kann ihren Anblick nicht mehr ertragen. Wie viele Berge müssen wir noch untersuchen?«

»Mir gefallen sie.«

»Und einige Bäume haben die falsche Größe.«

»Sie gefallen mir ebenfalls, Gurder.«

»Und ich finde einfach keine Ruhe, solange Angalo das Schiff fährt.«

»Inzwischen kommt er recht gut damit zurecht.«

»Nun, ich hoffe nur, daß wir keinen weiteren Flugzeugen begegnen.«

Gurder und Masklin hockten in einem Korb, der aus Metallteilen und Drähten bestand. Er hing aus einer quadratischen Luke in der unteren Seite des Schiffes.

Es gab viele große Räume an Bord, von deren Zweck die Nomen nichts wußten. Überall standen seltsame

Maschinen. Das *Ding* hatte darauf hingewiesen, Wichte hätten das Schiff benutzt, um fremde Welten zu erforschen.

Masklin konnte sich nicht dazu durchringen, den geheimnisvollen Anlagen zu vertrauen. Wahrscheinlich existierten auch Apparate, die fähig waren, den Korb hinabzulassen und ihn wieder heraufzuziehen. Doch er fühlte sich besser dabei, das Verbindungskabel an einer Säule im Innern des Schiffes zu befestigen, den Korb allein mit seiner nomischen Kraft und Pions Hilfe an Bord zu bewegen.

Die Vorrichtung stieß nun an einen Ast.

Das Problem war: Die Menschen ließen sie nicht in Ruhe. Kaum fanden sie einen vielversprechenden Berg, kamen Flugzeuge und Helikopter, umschwirrten das Schiff wie Insekten einen Adler. Eine lästige Angelegenheit.

Masklin spähte über den Ast hinweg. *Gurder hat recht*, dachte er. *Ich habe die lange Suche ebenfalls satt.*

Er bemerkte einige Blumen.

Vorsichtig kroch er über den Zweig und näherte sich der ersten Blume. Sie war dreimal so groß wie er. Masklin zog sich an einem Blatt hoch.

Er sah einen kleinen Teich. Und er sah sechs gelbe Augen, die zu ihm emporstarrten.

Er erwiderte ihren Blick.

Es stimmte also ...

Der Nom überlegte, ob er den Fröschen etwas sagen sollte — falls es überhaupt etwas gab, das sie verstanden.

Es war ein ziemlich langer und dicker Zweig, doch das Schiff enthielt Werkzeuge und so. Sie konnten zusätzliche Kabel herablassen und den abgeschnittenen Zweig hochwinschen. Es dauerte sicher eine Weile, aber das spielte keine Rolle. Es handelte sich um eine wichtige Sache.

Das *Ding* hatte ihm folgendes mitgeteilt: Man konnte

Pflanzen in künstlichem Licht wachsen lassen, dessen Farbe der des Sonnenscheins entsprach. Man steckte ihre Wurzeln in eine Art Suppe, die sie mit Nahrung — sogenannten Nährstoffen — versorgte. Es sollte ganz einfach sein, die Blume am Leben zu erhalten. Die einfachste Sache ... auf der ganzen Welt.

Wenn wir behutsam vorgehen, merken die Frösche überhaupt nichts, überlegte Masklin.

Wenn man die Welt mit einer Badewanne verglich, dann kam das Schiff der Seife darin gleich: Es sauste hin und her, befand sich nie dort, wo man es erwartete. Seinen letzten Aufenthaltsort konnte man feststellen, indem man hastig startende Flugzeuge und Helikopter beobachtete.

Oder vielleicht war das Schiff wie eine in der Roulettschüssel hin und her rollende Kugel, die nach der richtigen Zahl Ausschau hielt.

Oder es hatte sich verirrt.

Sie suchten die ganze Nacht über. Wenn man in diesem Zusammenhang überhaupt von *Nacht* sprechen konnte, und das schien kaum der Fall zu sein. Der schwarze Kasten erklärte, das Schiff sei schneller als die Sonne, doch die Sonne bewegte sich überhaupt nicht. In einigen Bereichen der Welt war es Nacht, in anderen Tag. Gurder bezeichnete es als schlechte Organisation.

»Im Kaufhaus ist es immer dunkel gewesen, wenn es dunkel sein sollte«, sagte er. »Obgleich das Kaufhaus von Menschen erbaut wurde.« Das gab er jetzt zum erstenmal zu.

Masklin starrte auf den Bildschirm und suchte dort vergeblich nach etwas Vertrautem.

Er kratzte sich am Kinn.

»Das Kaufhaus befand sich an einem Ort namens Blackbury«, murmelte er. »Soviel wissen wir. Der Steinbruch kann nicht sehr weit davon entfernt sein.«

Angalo winkte verärgert und deutete zum Schirm.

»Ja, aber das dort sieht ganz anders aus als die Karte. Die Namen fehlen! Es ist absurd! Wie soll man sich zurechtfinden, wenn Namen fehlen?«

Masklin seufzte. »Flieg nicht noch einmal nach unten, um die Wegweiser zu lesen. Wir haben mehrmals gesehen, was dann passiert. Menschen eilen auf die Straßen, und viele Stimmen ertönen im Radio.«

»*In der Tat*«, bestätigte das *Ding*. »*Es verblüfft die Menschen, wenn ein zehn Millionen Tonnen schweres Raumschiff über die Straße hinwegschwebt.*«

»Beim letztenmal bin ich sehr vorsichtig gewesen«, entgegnete Angalo trotzig. »Ich habe sogar angehalten, als die Ampel rotes Licht zeigte. Und ich verstehe überhaupt nicht, warum es zu einem solchen Durcheinander kam. Zusammenstoßende Lastwagen und Autos ... Und ihr nennt *mich* einen schlechten Fahrer.«

Gurder wandte sich an Pion, der ihre Sprache bemerkenswert schnell lernte. In dieser Hinsicht hatten die Floridianer ein besonderes Talent. Sie waren daran gewöhnt, Nomen zu begegnen, die sich mit einer anderen Sprache verständigten.

»Eure Gänse verirren sich nie«, sagte der Abt. »Wie bringen sie das fertig?«

»Sie sich einfach nicht verirren«, antwortete Pion. »Sie immer wissen wohin fliegen.«

»Das ist bei Tieren durchaus möglich«, warf Masklin ein. »Weil sie Instinkte haben. Mit Instinkten weiß man von Dingen, ohne zu wissen, daß man von ihnen weiß.«

»Wieso kennt das *Ding* nicht den richtigen Weg?« fragte Gurder. »Es hat Floridia gefunden, und Blackbury ist noch viel wichtiger. Eigentlich dürfte es ihm nicht schwerfallen, uns zurückzubringen.«

»*Die von mir analysierten Kommunikationssignale betreffen keinen Ort namens Blackbury*«, sagte der schwarze Kasten. »*Bei den meisten von ihnen geht es um Florida.*«

»Lande wenigstens *irgendwo*«, schlug Gurder vor. Angalo betätigte einige Tasten.

»Wir sind gerade über dem Meer«, brummte er. »Und ... He, was ist das?«

Tief unter dem Schiff flog etwas Winziges und Weißes über den Wolken.

»Vielleicht eine Gans«, vermutete Pion.

»Ich ... glaube ... nicht«, erwiderte Angalo langsam. Er blickte auf die Kontrollen. »Dies müßte der richtige Knopf sein.« Er drehte ihn.

Das Bild auf dem Schirm flackerte kurz, dehnte sich dann aus.

Ein weißer Pfeil glitt über den Himmel.

»Die Concorde?« erkundigte sich Gurder.

»Ja«, sagte Angalo.

»Scheint recht langsam zu sein, oder?«

»Nur im Vergleich mit uns.«

»Folge ihr«, forderte Masklin den Piloten auf.

»Wir wissen nicht, wohin sie fliegt«, gab Angalo zu bedenken.

»Ich weiß es«, behauptete Masklin. »Du hast aus dem Fenster gesehen, als wir uns in der Concorde befanden. Wir waren in Richtung Sonne unterwegs.«

»Ja. Sie ging unter. Worauf willst du hinaus?«

»Jetzt ist es Morgen. Und das Flugzeug fliegt erneut zur Sonne.« Masklin streckte die Hand aus.

»Na und?«

»Es bedeutet, die Concorde kehrt heim.«

Angalo biß sich auf die Lippe, als er darüber nachdachte.

»Warum sollte der Sonne daran gelegen sein, an unterschiedlichen Stellen auf- und unterzugehen?« fragte Gurder, der nicht einmal versuchte, die Grundlagen der Astronomie zu verstehen.

Angalo schenkte ihm keine Beachtung. »Die Concorde kehrt heim. Ja. Natürlich. Und wir fliegen mit ihr?«

»Genau.«

Angalos Finger strichen über Tasten.

»In Ordnung«, sagte er. »Los geht's. Die Fahrer der Concorde freuen sich bestimmt über Gesellschaft am Himmel.«

Das Schiff schloß zu dem Jet auf und flog neben ihm.

»Die Concorde wackelt von einer Seite zur anderen«, sagte Angalo. »Und sie wird schneller.«

»Vielleicht sind die Menschen darin wegen des Schiffs besorgt«, vermutete Masklin.

»Warum denn?« entgegnete Angalo. »Dazu besteht überhaupt kein Anlaß. Wir folgen ihnen doch nur, weiter nichts.«

»Schade, daß es hier keine richtigen Fenster gibt«, bedauerte Gurder. »Sonst könnten wir winken.«

»Haben Menschen schon einmal ein Schiff wie dieses gesehen?« wandte sich Angalo an das *Ding*.

»*Nein. Aber sie erfinden immer neue Geschichten über Raumschiffe von fremden Welten.*«

»Ja, typisch für sie«, sagte Masklin wie zu sich selbst. »So etwas erfinden sie dauernd.«

»*Manchmal heißt es in den Geschichten, daß sich freundliche Wesen an Bord der Schiffe befinden ...*«

Angalo nickte. »Damit sind wir gemeint.«

»*Und manchmal lauern darin Ungeheuer mit Tentakeln und langen Zähnen.*«

Die Nomen sahen sich an.

Gurder blickte besorgt über die Schulter. Eine Sekunde später starrten sie alle zu den verschiedenen Korridoren.

»Wie Alligatoren?« fragte Masklin.

»*Schlimmer.*«

»Äh ...«, begann Gurder. »Wir *haben* doch in allen Zimmern nachgesehen, oder?«

»Keine Sorge«, sagte Masklin. »Solche Geschöpfe existieren gar nicht. Sie sind nur erfunden.«

»Wer käme auf den Gedanken, so etwas zu erfinden?«

»Die Menschen.«

»Hm«, brummte Angalo und versuchte, sich unauffällig im Sessel umzudrehen — um rechtzeitig irgendwelche Tentakelmonster mit langen Zähnen zu erkennen, die sich an ihn heranschlichen. »Aber warum? Der Grund dafür ist mir ein Rätsel.«

»Mir nicht«, sagte Masklin. »Ich habe gründlich über die Menschen nachgedacht.«

»Könnte das *Ding* den Fahrern der Concorde eine Mitteilung schicken?« fragte Gurder. »Zum Beispiel: ›Seid unbesorgt. Wir haben garantiert keine Tentakel und langen Zähne.‹«

»Ich bezweifle, ob die Menschen einem solchen Hinweis glauben«, meinte Angalo. »Wenn *ich* lange Zähne und überall Tentakel hätte ... Dann würde ich eine solche Nachricht schicken. Schlau, nicht wahr?«

Die Concorde jagte über den Himmel und brach den transatlantischen Rekord. Das Schiff blieb dicht hinter ihr.

Angalo sah zum Bildschirm. »Ich schätze, die Menschen sind intelligent genug, um verrückt zu sein.«

»*Ich* schätze, sie sind intelligent genug, um sich einsam zu fühlen«, sagte Masklin.

Der Jet landete mit quietschenden Reifen. Feuerwehrwagen rasten über den Flugplatz, dichtauf gefolgt von anderen Fahrzeugen.

Die riesige Scheibe des Schiffes sauste über sie hinweg, drehte sich wie ein Frisbee und wurde langsamer.

»Dort ist das Reservoir!« entfuhr es Gurder. »Direkt unter uns! Und die Eisenbahn! Und der Steinbruch! Er ist noch immer da!«

»Natürlich ist er noch immer da, du Idiot«, murmelte Angalo. Er steuerte das Schiff zu den Hügeln, an deren

Hängen tauender Schnee hier und dort weiße Flecken bildete.

»Zumindest ein Teil davon«, sagte Masklin.

Dunkler Rauch hing über dem Steinbruch, und offenbar stammte er von einem brennenden Laster. Andere Lastwagen standen in der Nähe. Mehrere Menschen liefen weg, als sie den Schatten des Schiffes sahen.

»Sie fühlen sich einsam, wie?« knurrte Angalo. »Wenn sie auch nur einem einzigen Nom etwas zuleide getan haben ... Dann wünschen sie sich bald, nie geboren zu sein!«

»Wenn sie einem einzigen Nom etwas zuleide getan haben, werden sie sich wünschen, daß *ich* nie geboren wäre«, sagte Masklin. »Nun, ich nehme an, da unten halten sich keine Nomen mehr auf. Sicher haben sie die Hütten und Schuppen verlassen, als die Menschen kamen. Und wer hat den Laster in Brand gesetzt?«

»Ha!« rief Angalo und schüttelte die Faust.

Masklin beobachtete die Landschaft unter dem Schiff. Er konnte sich kaum vorstellen, daß sich Leute wie Grimma und Dorcas in Löchern versteckten und alles einfach den Menschen überließen. Lastwagen gingen nicht von selbst in Flammen auf. Außerdem: Einige Gebäude schienen beschädigt zu sein. Durch das Einwirken von Menschen? Oder ...?

Er starrte zum Feld am Steinbruch. Das Tor war zerschmettert, und zwei breite Spuren führten durch den Schneematsch.

»Ich glaube, sie sind mit einem anderen Laster entkommen«, sagte Masklin.

Gurders Gedanken verweilten an einer bestimmten Stelle des Gesprächs. »Was soll das heißen — *ha?*«

»Übers Feld?« fragte Angalo. »Aber dann bleiben die Räder im Boden stecken, nicht wahr?«

Masklin schüttelte den Kopf. Vielleicht konnte auch ein Nom Instinkte haben. »Folge den Spuren«, drängte er. »Schnell!«

»Schnell? *Schnell?* Weißt du eigentlich, wie schwer es ist, das Schiff *langsam* zu fliegen?« Angalo bewegte einen Hebel. Das Schiff sprang über den Hang des Hügels, ertrug nur mit Mühe die Demütigung, nicht seine ganze Antriebskraft entfalten zu können.

Vor einigen Monaten war eine stundenlange Wanderung nötig, um diesen Ort zu erreichen, dachte Masklin. *Unglaublich.*

Die flachen Hügelkuppen bildeten eine Art Plateau, von dem aus man den Flugplatz beobachten konnte. *Dort ist das Kartoffelfeld. Und das Dickicht, in dem wir auf die Jagd gegangen sind. Und der kleine Wald, wo wir dem Fuchs gezeigt haben, was mit Füchsen passiert, die Nomen fressen.*

Und dann ... Masklin bemerkte ein kleines, gelbes Objekt, das über die Felder rollte.

Angalo beugte sich vor.

»Scheint eine Maschine zu sein«, sagte er und betätigte Tasten, ohne den Blick vom Bildschirm abzuwenden. »Eine ziemlich seltsame.«

Autos rollten über die Straße. Blaue Lichter blinkten auf ihnen.

»Jene Wagen ...«, fuhr Angalo fort. »Man könnte glauben, sie verfolgen den gelben Apparat, nicht wahr?«

»Vielleicht wollen sie ihn nach einem brennenden Laster fragen«, spekulierte Masklin. »Können wir dort sein, bevor sie die Maschine erreichen?«

Angalo kniff die Augen zusammen. »Das wäre selbst dann möglich, wenn wir vorher noch einmal nach Floridia fliegen.« Er streckte die Hand nach einem Hebel aus, gab ihm einen Stups.

Die Landschaft schien zu flackern, und dann befand sich der gelbe Lastwagen direkt vor ihnen.

Angalo lächelte. »Na bitte.«

»Noch etwas näher«, sagte Masklin.

Angalo drückte eine Taste. »Siehst du? Der Bildschirm läßt sich umschalten, damit er uns zeigt, was unter dem Schiff ...«

»Da sind Nomen!« platzte es aus Gurder heraus.

»Ja, und die Autos fahren jetzt in die andere Richtung!« rief Angalo. »Die Menschen fliehen! Und das will ich ihnen auch geraten haben! Sonst lernen sie Zähne und Tentakel kennen!«

»Hoffentlich fürchten sich die Nomen nicht ebenfalls davor«, sagte Gurder. »Was meinst du, Masklin?«

Masklin glänzte wieder einmal mehr durch Abwesenheit.

Ich hätte schon längst daran denken sollen, fuhr es Masklin durch den Sinn.

Der Ast war fast drei Meter lang. Künstliches Licht strahlte auf ihn herab, und er wuchs zufrieden aus einem Topf mit spezieller Flüssigkeit. Jene Nomen, die einst mit dem Schiff geflogen waren, hatten Pflanzen auf diese Weise am Leben erhalten.

Pion half ihm, den Topf zur nächsten Luke zu schieben. Die Frösche beobachteten Masklin interessiert.

Die beiden Wichte rückten den Behälter mit dem Pflanzenwasser zurecht, und dann öffnete Masklin die Luke. Sie glitt nicht beiseite. Es handelte sich um ein besonderes Modell, das die damaligen Nomen als Lift benutzt hatten. Zwar wies das Ding keine Drähte oder Kabel auf, aber es bewegte sich trotzdem nach oben und unten, vermutlich unter dem Einfluß von Aunties Antigravitation oder so.

Die Luke sank hinab. Masklin starrte in die Tiefe und sah, daß der gelbe Lastwagen anhielt. Als er sich aufrichtete, bedachte ihn Pion mit einem seltsamen Blick.

»Blume als Botschaft?« fragte der Floridianer.

»Ja. In gewisser Weise.«

»Keine Worte?«

»Nein.«

»Warum nicht?«

Masklin zuckte mit den Schultern.
»Mir fallen nie die richtigen ein.«

Hier ist die Geschichte fast zu Ende.
Aber sie sollte noch nicht zu Ende sein.

Überall an Bord des Schiffes wimmelte es von Wichten. Wenn sich tatsächlich irgendwo Ungeheuer mit Tentakeln und langen Zähnen verbargen — gegen eine solche Übermacht hatten sie nicht die geringste Chance.
Junge Nomen staunten im Kontrollraum, probierten Schalter und Hebel aus. Dorcas und seine Assistenten durchstreiften das Schiff auf der Suche nach dem ›Motor‹. Stimmen und Gelächter hallten durch graue Korridore.
Masklin und Grimma saßen abseits der anderen und betrachteten die Frösche in ihrer Blume.
»Ich mußte feststellen, ob es stimmt«, sagte Masklin.
»Es ist die wundervollste Sache auf der ganzen Welt«, erwiderte Grimma.
»Nein. Ich glaube, es gibt noch viel wundervollere Sachen auf der Welt. Aber es ist trotzdem recht hübsch.«
Grimma schilderte die Ereignisse im Steinbruch: den Kampf gegen die Menschen, die Flucht mit dem Wühler Jekub. Ihre Augen leuchteten, als sie berichtete, auf welche Weise Nomen gegen Menschen gekämpft hatten. Masklin hörte mit offenem Mund zu und musterte die junge Frau voller Bewunderung. Sie war schmutzig, ihr Kleid zerrissen; das Haar erweckte den Eindruck, mit einer Dornenhecke gekämmt worden zu sein. Aber in Grimma knisterte eine so starke innere Kraft, daß fast Funken von ihr stoben. *Zum Glück sind wir rechtzeitig eingetroffen*, dachte Masklin. *Die Menschen sollten uns dankbar sein.*
»Was hast du jetzt vor?« fragte die Nomin schließlich.

»Keine Ahnung. Nach den Auskünften des *Dings* zu urteilen enthält das All Welten, auf denen Wichte leben. Ich meine, nur Nomen. Oder wir lassen uns auf einem leeren Planeten nieder, den wir mit niemandem teilen müssen.«

»Weißt du ...«, sagte Grimma. »Ich glaube, die Kaufhaus-Wichte wären viele glücklicher, wenn sie an Bord des Schiffes bleiben könnten. Deshalb gefällt es ihnen so sehr: Hier ist es wie im Kaufhaus. Das Draußen befindet sich draußen.«

»Dann sollte ich besser dafür sorgen, daß sie die Existenz des Draußen nicht vergessen«, erwiderte Masklin. »Gehört zu meinen Pflichten, nehme ich an. Und noch etwas: Wenn wir eine neue Heimat für uns gefunden haben, möchte ich das Schiff zurückschicken.«

»Warum?« fragte Grimma. »Was gibt es hier?«

»Menschen«, sagte Masklin. »Wir sollten mit ihnen reden.«

»*Wie* bitte?«

»Sie möchten so gern an etwas glauben ... Ich meine, sie verbringen viel Zeit damit, Geschichten über Dinge zu erfinden, die gar nicht existieren. Sie sind davon überzeugt, in ihrer Welt allein zu sein, keine Gesellschaft zu haben. Uns erging es ganz anders: Wir wußten die ganze Zeit über von den Menschen. Sie ... sie leiden, weil sie sich so einsam fühlen.« Masklin gestikulierte vage. »Und ich glaube, wir kämen gut mit ihnen aus«, fügte er hinzu.

»Sie würden uns in Kobolde und Elfen verwandeln!«

»Das bezweifle ich — immerhin kommen wir mit dem Schiff. Und es ist *groß*. Selbst die Menschen dürften auf den ersten Blick erkennen, daß es nichts Koboldisches oder Elfisches an sich hat.«

Grimma griff nach Masklins Hand.

»Nun, wenn du das wirklich möchtest ...«

»Ja.«

»Dann kehre ich mit dir zurück.«

Masklin vernahm ein Geräusch, drehte den Kopf und sah Gurder. Der Abt hatte sich den Riemen einer Tasche über die Schulter geschlungen und wirkte so entschlossen wie jemand, der etwas hinter sich bringen will, ungeachtet aller Konsequenzen.

»Äh«, sagte er. »Ich bin gekommen, um mich zu verabschieden.«

»Wie meinst du das?« fragte Masklin.

»Wie ich eben hörte, beabsichtigst du, noch einmal mit dem Schiff hierherzufliegen.«

»Ja, aber...«

»Bitte versuch nicht, es mir auszureden.« Gurder blickte sich um. »Ich habe darüber nachgedacht, seit wir an Bord sind. Es *gibt* andere Nomen dort draußen, und *jemand* muß ihnen vom Schiff erzählen. Wir können sie jetzt nicht mitnehmen, aber jemand sollte die übrigen Wichte suchen und ihnen sagen, daß dieses Schiff existiert. Jemand sollte ihnen die Wahrheit erklären. Warum nicht ich? Endlich könnte ich für etwas *nützlich* sein.«

»Aber ganz *allein*...«

Gurder kramte in der Tasche.

»Ich nehme das *Ding* mit.« Er holte den schwarzen Kasten hervor.

»Äh...«, begann Masklin.

»*Keine Sorge*«, sagte das *Ding*. »*Ich habe mich in den Bordcomputer kopiert. Ich kann sowohl hier sein als auch an einem anderen Ort.*«

»Es ist mir sehr ernst damit«, betonte der Abt.

Masklin setzte zu einem Einwand an, aber dann dachte er: *Warum? Wahrscheinlich ist Gurder mit einer solchen Aufgabe glücklicher. Außerdem hat er recht: Das Schiff gehört nicht uns, sondern allen Nomen. Wir borgen es nur für eine Weile. Und es sollte tatsächlich jemand aufbrechen, um die übrigen Wichte zu finden, wo auch immer sie leben — um ihnen die Wahrheit zu bringen, um ihnen zu sagen, woher wir stammen. Dafür eignet sich niemand besser als Gurder.*

Eine große Welt wartet auf ihn. Und um die anderen Nomen zu überzeugen, brauchen wir jemanden, der fähig ist, fest an etwas zu glauben.

»Möchtest du, daß dich jemand begleitet?« fragte Masklin.

»Nein. Vielleicht finde ich unterwegs einige Nomen, die bereit sind, mir zu helfen.« Gurder beugte sich etwas näher. »Um ganz ehrlich zu sein: Ich freue mich darauf.«

»Äh. Ja. Allerdings ... Die Welt besteht aus ... ziemlich viel Welt.«

»Ja. Ich habe mit Pion darüber gesprochen.«

»Oh? Nun, wenn du sicher bist ...«

»Ich bin sicherer als jemals zuvor«, erwiderte Gurder. »Und du weißt ja, daß ich in bezug auf viele Dinge sicher gewesen bin.«

»Wir sollten also einen geeigneten Ort finden, um dich abzusetzen.«

Der Abt nickte und gab sich alle Mühe, tapfer auszusehen. »Ein Ort mit vielen Gänsen«, sagte er.

Sie ließen Gurder bei Sonnenuntergang zurück, an einem See. Der Abschied nahm nicht viel Zeit in Anspruch. Wenn das Schiff auch nur einige Minuten lang irgendwo verharrte, eilten Menschen in Scharen herbei.

Masklin sah den Abt als kleine, winkende Gestalt am Ufer. Kurz darauf zeigte der Bildschirm einen See, der zu einem silbrigen Punkt schrumpfte, umgeben von braungrüner Landschaft. Eine Welt breitete sich unter dem Schiff aus, mit einem unsichtbaren Nom in ihrer Mitte.

Und dann ... nichts mehr.

Dutzende von Nomen im Kontrollraum beobachteten, wie das Land unter dem aufsteigenden Schiff hinwegglitt.

Grimma starrte zum Schirm.

»Ich hätte nie gedacht, daß es so aussieht«, sagte sie. »Eine derartige Weite...!«

»Ja, die Welt ist groß«, entgegnete Masklin.

»Man sollte meinen, daß sie für uns alle genug Platz bietet.«

»Oh, ich weiß nicht. Vielleicht ist eine Welt nie groß genug. Wohin fliegen wir, Angalo?«

Angalo rieb sich die Hände und zog alle Hebel zurück.

»So weit nach oben, daß es kein Unten mehr gibt«, brummte er zufrieden.

Das Schiff neigte sich empor, den Sternen entgegen. Unten breitete sich die Welt nicht länger aus, weil sie ihren Rand erreicht hatte — sie wurde zu einer schwarzen Scheibe vor der Sonne.

Nomen und Frösche blickten zu ihr hinab.

Das Sonnenlicht glitzerte an den Kanten, schickte Strahlen in die Dunkelheit, und dadurch wirkte die Scheibe wie eine Blume.

Terry Pratchett

*Kultig, witzig,
geistreich –
»Terry Pratchett ist
der Douglas Adams
der Fantasy.«*
The Guardian

**Der Zauberhut
Die Farben der Magie**
Zwei Scheibenweltromane
23/117

Trucker/Wühler/Flügel
Die Nomen-Trilogie –
ungekürzt!
23/129

Das Licht der Phantasie
06/4583

Das Erbe des Zauberers
06/4584

Die dunkle Seite der Sonne
06/4639

Gevatter Tod
06/4706

Der Zauberhut
06/4715

Pyramiden
06/4764

Wachen! Wachen!
06/4805

Macbest
06/4863

Die Farben der Magie
06/4912

Eric
06/4953

Trucker
06/4970

Wühler
06/4971

Flügel
06/4972

Die Scheibenwelt
2 Romane in einem Band
06/5123

Die Teppichvölker
06/5124

Heyne-Taschenbücher

Das Schwarze Auge

Die Romane zum gleichnamigen Fantasy-Rollenspiel – Aventurien noch unmittelbarer und plastischer erleben.

06/6022

Eine Auswahl:

Ina Kramer
Im Farindelwald
06/6016

Ina Kramer
Die Suche
06/6017

Ulrich Kiesow
Die Gabe der Amazonen
06/6018

Hans Joachim Alpers
Flucht aus Ghurenia
06/6019

Karl-Heinz Witzko
Spuren im Schnee
06/6020

Lena Falkenhagen
Schlange und Schwert
06/6021

Christian Jentzsch
Der Spieler
06/6022

Hans Joachim Alpers
Das letzte Duell
06/6023

Bernhard Hennen
Das Gesicht am Fenster
06/6024

Ina Kramer (Hrsg.)
Steppenwind
06/6025

Heyne-Taschenbücher

Tom Holt

»Terry Pratchett
hat einen Rivalen
auf dem Gebiet
der humorvollen
Fantasy bekommen.«
Daily Telegraph

Snottys Gral
06/5499

Auch Götter sind nur Menschen
06/5630

Richard Blockbuster
06/5679

Flaschengeister
06/5896

06/5896

Heyne-Taschenbücher